诺曼·马内阿
作品集

法定
幸福

Norman
Manea

Fericirea
obligatorie

[罗马尼亚]
诺曼·马内阿 —— 著

王中豪 高博睿 —— 译

新星出版社　NEW STAR PRESS

诺曼·马内阿，罗马尼亚最受推崇的小说家与小品文作家之一，任美国巴德学院欧洲文学专业教师，同时为驻校作家。自1966年开始在米伦·拉杜·帕拉斯基韦斯库的杂志《言语的故事》中发表作品起，直到1986年离开罗马尼亚，诺曼·马内阿在此期间共出版了10部作品（5部长篇小说、3部短篇散文集、2部随笔集）。1979年，马内阿获得罗马尼亚作家协会奖，后获作家联盟奖（1984年获奖，后被社会主义文化与教育委员会取消）。

1986年后，诺曼·马内阿的作品被译为20多种语言，广受褒奖，在美国出版的作品被《纽约时报书评》评选为"最重要的出版作品"。1992年，马内阿获得古根海姆奖学金，并获得著名的麦克阿瑟"天才奖"（该奖被称作"美国版诺贝尔奖"）；1993年，纽约公立图书馆为他颁发图书馆"文学大师"荣誉奖；2002年，马内阿获得诺尼诺国际文学奖；2006年，凭借《流氓的归来》（Întoarcerea huliganului）获法国美第奇外国小说奖，同年，因在文化领域杰出的统领地位，他被罗马尼亚总统授予文化功勋，并当选为柏林艺术学院和诺尼诺国际文学奖评审团成员。2010年，法国政府授予他"法兰西文学与艺术骑士勋章"。2011年，诺曼·马内阿获得内莉·萨克斯文学奖并受邀成为英国皇家文学会荣誉会员。

由罗马尼亚Polirom出版社出版的马内阿作品有：《流氓的归来》（2003年第1版，2006年、2008年、2011年第2版），《信封与肖像画》（Plicuri și portrete，2004年第1版、2014年第2版），《法定幸福》（Fericirea obligatorie，2005年、2011年第2版），《论小丑：独裁者和艺术家》（Despre Clovni: Dictatorul și Artistul，2005年第1版、2013年第2版），《傻瓜奥古斯都的学徒生活》（Anii de ucenicie ai lui August Prostul，2005年第2版、2010年第3版），《黑信封》（Plicul negru，2007年、2010年第5版），《逃亡者的抽屉：里昂·沃洛维奇谈话录》（Sertarele exilului. Dialog cu Leon Volovici，2008年），《分离之前：索尔·贝娄访谈录》（Înaintea despărții. Convorbire cu Saul Bellow，2008年），《与石头的谈话》（Vorbind pietrei，2008年），《中庭》（Atrium，2008年第2版），《一幅自画像的变体》（Variante la un autoportret，2008年），《巢》（Vizuina，2009年第1版、2010年第2版），《东方信使：爱德华·坎特里安访谈录》（Curierul de Est. Dialog cu Edward Kanterian，2010年），《流亡的话语》（Cuvinte din exil，与汉尼斯·施泰因合著，2011年），《囚徒》（Captivi，2011年第2版），《儿子的书》（Cartea fiului，2012年第2版），《日子与游戏》（Zilele și jocul，2012年第2版），《黑牛奶》（Laptele negru，2014年第2版）以及《在边缘》（Pe contur，2014年第2版）。

2012年，罗马尼亚作家协会授予马内阿国家文学奖。2013年，作家协会向诺贝尔文学奖提名马内阿，2014年，协会再次提名。

目录
CONTENTS

审 讯　　　　　1

机械人传记　　39

工人阶级之窗　113

风 衣　　　　151

审 讯

　　这是一个系统的日程安排,从早晨五点直至晚上十点。每日重复,从未有过调整。这严酷的考验重复着,周而复始,没有尽头。对她无休止的羞辱、恐吓与摧残,从早到晚。有时候甚至在半夜进行。在一周结束之时,疲劳与绝望不断积聚着,令她反抗的力量几乎消失殆尽,几乎就要屈服于此。

　　这审讯的目的明确,严刑拷打,每天都要进行,持续了好几个月。直至突然间,情况有了变化。

　　在一个星期二的早晨。平日里所进行的审讯拷打取消了,而是让她搬到了一个更宽敞、更高层的牢房。同时她被准许了睡前额外一小时的放风时间,在院子里,且独自一人。晚上,来了一个面相凶恶的胖子,将牢房的木桶换成了新陶罐,上过釉的。

　　在接下来的一天,他们为她准备了甘甜的热茶,午饭和晚饭都变得比以前好了。下午,按照先前的安排,本该是最为残暴的拷打时段,而现在却让她去洗澡。当她回来的时候,发现床上铺着新换的床单和毯子。在床边,有叠好的新衣服。她惊讶又惊喜,这竟是真的。她在衣服中还发现了一个小方镜和一小细管"妮维雅"面霜。

第三天一早,他们押送着她穿过了多条走廊,向左,又向右,下楼,又上楼,再向左。

他们进了一个漆着白墙面的房间,像是一个医务室。盖着咖色布单的沙发上有个女人坐在那里抽着烟,看起来像是在等她。这个女人好像是某个老同学,或是某个老相识的朋友,但也让你想不起来究竟是哪个相识。

两人独处了约一个小时。女人在一个小本子上记录着,小本子就放在大腿上。细而短小的钢笔在她那白花花的大腿上面飞奔着,她的大腿时而抖动。

接下来,医生出现了。根据医生所问的问题不难看出,他应该是精神病科的。女人百无聊赖,厌倦而麻木地遵循医生,记录着这常规的心理测试。然而这女人看起来并不是个小人物,因为她仅做了一个简单的手势,便让医生离开了这里。女人还告知了她这些天突然变化的缘由。

又过了一个小时,女人让她裸体站在她面前,并请她坐下,女人从她从未间断的香烟中递了一根给她,当她想靠近拿衣服时,女人又做了一个简单的手势,阻止了她。

"先别穿了,过一会儿吧。"

女人用坚毅的眼神打量着她,然而并无恶意,是一种冷酷而又专业的眼神。他们的调查最终以她的一个微笑而结束。

"我也没办法,你的头发三天之内还不能还给你。"

她应该是个管事儿的,总之,可以推断出,至少是奉命行事,抑或这突如其来的变化就是她所安排的。

"很遗憾,他们剪了你的头发。你曾有美丽的头发吗?"

然而她的沉默并没有令她感到愤怒。这些问题看起来也只是一种有趣的假设。这个被调查的女人,或许,她的头发曾是怎样的呢?尽管她还很年轻,头发会不会全白了呢?

"除了头发以外,你保养得还算可以。而且,起码你不怎么坏。说实话,这也算是个胜利了。"

女人再次微笑,就像是那种对付穷亲戚的笑。

"今天就允许你去跑步放风。今晚,再洗个热水澡,这对你来说很好,如果你拒绝那可就遗憾了。他们已经给你的牢房送去了报纸和杂志。如果你还有什么特别需要的或想要的,我都可以给你安排。让我记下来,如果你还想要什么的话。"

女人从办公桌上抽出一张白纸。她等着,她面前这尊裸体仍将自己封闭于沉默之中,但女人也并未被这份沉默所激怒,她将白纸折了四折,放入黑色上衣胸前的口袋。她的上衣是厚重丝质的,领口锋利,男款,长袖。

她站了起来,不算矮,棕色头发。她纤瘦的身材,系在一条宽皮带里。浓密的头发披在她瘦小的肩膀上。她的手十分修长,露出青筋。修长而紧实的腿,发青的黑眼圈。面色煞白,极其的白,就像她的乳白色短裙,露出小腿的短裙。

"我们把你准备好,是为了一个会面。这对你来说很重要。"

她的微笑又变得锋利起来,嘴角微微抽搐。

"先生希望你显得好一些。也就是说,至少是正常的,他一点都受不了暴力。他也是人嘛……你明白的。"

她的眼神变了颜色,由黑变得更黑了,黑得发青。而她的话语，严厉而苛刻。

"这可是个优待，很难得的机会，你会明白的。"

女人点了根烟，看了眼身后。之后，她又望向窗外，静静地等候着。突然，她转过身来，双手紧握，露出一张涨红了的脸，有着痛苦而悲伤的神情，随后便摔门而出。

她没有再回来。然而，大约过了两个小时后才看出，或许她就留在这附近。因为来了一个慌慌张张、手足无措的年轻人，看得出，他是受命而来，而且被命令要有礼貌。

"非常抱歉，把您忘在这儿了。"

女犯人早已穿好衣服，僵直地坐在椅子上，默默等着。

"请您跟我来。"

他找到了一间牢房，通风的、打扫过的。水泥地上还有一摞报纸和杂志。

大约三点，她从阅读中被唤醒。来了两个人，如夹击一般，一人一边押着她。下楼，绕过并穿过长长的走廊，洗澡！这可不是普通的澡堂，白色的浴缸，洁白光亮。大浴巾，柔软，彩色的。香皂，各种样式的小瓶瓶罐罐，拖鞋，指甲油。当她再次回到牢房时，一杯热茶正等待着她。

而现在，看啊，第四天已经到了。昨天，那个女人过来问道："下午五点还都好吗？"就像是在念小歌剧的剧本一样。那个看起来奇怪的、百无聊赖的女领导，无聊地继续着她那受命而为的，荒唐的言行。

所安排好的这天到了。早晨，她被送去大楼的另外一侧。她进了一间布置优雅的房间，有着柔软的地毯。墙面贴的是木板，大方格图案，十分有光泽。他们让她坐在圆桌旁的椅子上，在房间的角落。圆桌上盖着厚厚的水晶玻璃,桌面晃动了一小下,上面的器皿很轻易地发出了"哗啦"的响声。银器是用来喝咖啡的,而另外一个,是瓷器,喝茶用的。桌上还摆着一篮牛角包、果酱、黄油、蜂蜜、苹果和一些饼干。

十点钟,他们又将她带了回来,将她留在这同一房间。鸡蛋、熏肉火腿、奶酪、黄油、牛角包、甜点。

她有时间欣赏下这长书桌,几乎与房间一样宽。墙上一幅画也没有,仅在书桌上方挂着一个大圆表,像个气压计。两面窗户,都有着厚重的窗帘。在窗边,另有一张小桌,带双层隔板的,下层的隔板上放着个收音机。而镀有厚重水晶玻璃的书桌上有一台电话和一盏台灯。

午饭,两点钟。鱼子沙拉、芥末蘸蛋①、猪肉排、李子酒、煎肉丸子、酸黄瓜、葡萄酒、气泡矿泉水、巴克拉瓦蜜饼②。

她昏厥了过去,吐尽了所有东西,晕倒在地。他们将她拖出房间,将她送去浴室。是同一个浴室,没想到就在这旁边。他们清理她的脏领子,用一块湿毛巾擦拭她的太阳穴和额头。他们让她躺在橡胶床垫上,以便让她苏醒过来……他们又将她搀扶回房间。茄子沙拉、煎肉丸子、芥末蘸蛋、鱼子沙拉、李子酒、朗姆酒、煎肉排、炸肉排、葡萄酒、花式蛋糕。下肚的美食从胃部,堆积升至喉咙。还好他们及时抓住了她,她才没有再次摔倒在地。她又上了餐桌,拿起了刀和叉。接着是瓶瓶罐罐,一杯接着一杯……当她醒来的时候,桌上早已空无一物,擦拭干净。仅留着一窄口小瓶,黑色

---

① 西餐菜品名,常作传统西餐中开胃菜,又称魔鬼蛋。(全书注均为译者注)
② 中东各国著名甜点,由很薄的酥皮一层一层裹起烤制而成。

的。爽肤水！金色标签上这样写着。旁边，是一个顶针粗细的小瓶，香水！她看了看墙上的表，四点半。

原来她在吃东西的时候睡着了，头枕着桌子就睡着了。她从裙子的口袋中抽出了手帕。他们给了她些新手帕，质地十分细腻。还有一条新裙子，有着大而长的裙摆，粗布面料，就如同还未铺过的新被单。她用手蘸了瓶中的爽肤水，润湿了脸颊。可见刚刚确实是睡着了，她又看了眼表，四点三十四分。她还想再睡会儿，方才醒来就想睡了，酒足饭饱着实让她有些困倦。

那个重要人物可能跟她说些什么呢？为什么他会同意抽出他宝贵的时间来见她呢？或许，他也会重复那些同样的问题与忠告。这难道是个阴谋，是个恶作剧？或许先生阁下为人做事更为圆滑世故，没那些野蛮粗暴的下属们那么直接。或许他更加难以容忍他所指挥的那些下属们，那些残暴的猩猩们。或许他也得向更大的领导报告，仅此而已！他亲自联系了，亲自来见过了，也尝试过了，认识了她，等等。对，没错，但他觉得自己也没什么办法，没什么可做的，便建议立即采取措施，什么也不批准，等等。

事实上，很可能，这无非又是个新把戏，一种愚蠢的玩笑，挑战下她的底线而已。或者是最后一次对她的捉弄，然后就宣布放了她，他们不再需要她了？然而那个奇怪而漂亮的女人呢？那个长得像她某个老同学，文弱却又有虐待倾向的女人呢？"你的头发三天之内还不能还给你。"也许她说完立马就后悔了，是因为她讽刺的语气和厚颜无耻的态度，她皱起眉头，因没能控制好自己而恼怒。"你曾有美丽的头发吗？"她问道，这次没有了嘲弄的语气，而是平淡无奇的声音，还略带一丝担忧。

差九分钟五点。如果他们不是为了挑战下她的底线才做这毫无意义的事情。如果先生阁下真的存在，而且正是他确定的这次会面。此外，如果他准时的话，那么时间还剩九分钟。他可能会给她些什么忠告，问她些什么呢，会不会问一些和平时所听到的不一样的，别的东西呢？他用她父母的境况威胁她，或者是她的某个亲戚，或者是……她爱的那个男人，他情况还有可能更糟吗？她爱的男人会原谅她吗？万一，有那么一刻，如果她相信了他们的话？他们的那些谎言与忠告。有那么一刻，如果她屈服了的话？屈服于想知道她爱的男人自由与否。

看啊，仅仅才几天她就成功地恢复到了差不多正常的状态。现在的她已经能记起正常世界的规则。好比如何搭配一条裙子，如何摆放餐具以及如何使用刀叉。对了，那些美食，令她酒足饭饱后感到困倦的美食。那些美味的，甚至腻人的食物，做得很好吃，想必是来自某个大餐厅。这几天她慢慢恢复了过来，在美味面前也能保持十分淡定。她会挑选着吃，现在，吃饭不再是因为饥饿，而是因为这是一种愉悦的享受。她欣喜而从容地品尝着美食，令她重新感受到与那些有涵养的人在一起时的美好时光。她感受到了人们的同情与关怀，这让她的心境平复了下来。她几乎就要这样傻傻地被驯服了。他们盘算得很好，说真的，尤其是在最后几个小时，她发觉，她所坚持的信念越来越弱。刚刚的昏厥，加之甜美而芳香的红酒，让她不禁有些头晕。她醒来时很虚弱，感到身心俱疲。她好想睡上一觉，在一张洁净的大床上，在一间宽敞安静的房间里，连续睡上几个星期。很长时间后才醒来，在喷有香水、芬芳无比的热澡堂中醒来，同时还有备好的下午茶，五颜六色的冷饮……

这时，门打开了一点点，慢慢地、慢慢地。尽管离会面还有两分钟！是他提前到了吗？不，原来只是个可怜的小听差，看起来似乎不那么敢走进这如此重要的房间,他犹犹豫豫地、低三下四地,踮着脚尖走路。像是某个来自行政部门的小公务员,看他那诚惶诚恐的样子,不过是被派来扫下灰或开下窗户的。

他捧着各式尺寸的盒子走了进来。他将这些纸盒小心地放在房间的角落,放在门边上,又小心地将它们码好。他又走了出去,回来时拿着一个又粗又长的纸筒,是那种硬纸筒,上面有盖子。他的动作很慢,有些驼背,低头看着地面,以免打扰到别人。他进来了,又消失了,又出现了,他进进出出没什么声音。看他那担惊受怕的样子,显然是在为重要人物的到来做准备。从他有限的动作中不难看出,他是个行政部门的小听差,看大门的,或是库管员,不管他是什么,总之他所等的人,级别上要比他高太多。

她看了眼时间,五点零一分。他迟到了,尽管,还是迟到了!他们让她先在这里等,就是为了逼疯她。没错,这正是他们想要的,让她不断地等,让她去想他们还有什么新花样,就是想让她丧失理智。她清楚他们的计谋,这也没什么新奇的,她已经学会了如何保护自己。

那个可怜的小听差坐在了椅子上,好喘口气。好大的胆子,这小子!非得在领导的桌上休息不可!如果先生阁下现在进来了呢?他还微笑着,看着她,有些害羞,又有些骄傲,跟个蠢货一样。他看着她,没错,他微笑着,看着她。他因刚刚的"成就"而感到骄傲,然而也不能确定,或许,他在用他那羞涩而呆板的微笑,向她请求鼓励。

"请您离我近一些。拿上椅子,带上椅子。或者您就坐这儿,这样更好,您就坐这两个椅子其中的一个吧。"

她颤抖了一下,不禁感到有些惊讶。这嗓音……他的声音一点也不寻常。听起来完全不像刚刚看到的那个人的声音。这个看起来很累的蠢货，因为搬那些包裹还流着汗，对于他来说那些包裹显然太多太重。她不知道她还能相信什么，她还能做什么，她没有一点力气起身移动。她出了一身的冷汗，太阳穴也跳动得生疼。她感到手心一阵潮湿，后背也是一阵冰冷潮湿。刚刚所发生的一切就像个愚蠢的笑话，她岂敢怠慢。就在刚才，在这个大人物出现的几分钟前，这个，这个……听差的……这个仓库管理员，清洁工，某个拖家带口的收银员、邮递员、楼管员、水管工，或者卖布头纽扣的小贩，他的声音是如此的，对，没错，如此的……

"我很准时，您也看到了。请您离我近一些，我不习惯谈话时有太多的听众，而且我习惯近距离的交谈。"

他讲起话来时而吞吐，时而堆砌着词汇。是一种很混乱的节奏，就好似切分音。他的话让人听得云里雾里。他想到什么说什么，他的话语如同音符般在跳动。他的声音很温和，但他时而又会欲言又止。尽管他的语气严厉，好比音乐中那熟练的音色，却又是一种奇怪的混合，坚定而又胆怯，温和，但又充满力量，对，又很强硬，还有些……

"所以，您离我近一些，好吗？"

他看着女人移至书桌旁的一个椅子上。其间，他从上衣口袋中掏出了一个小扁瓶，里面是黄色、咖啡色的液体。他把小扁瓶慢慢地放在水晶桌面上。当女犯人重新坐好时，他看着她，很长时间地看着她，就好像他允许女犯人也可以看他。

他没有穿衬衣，而是穿了一种有领扣的上衣，细羊毛材质，黄色的，老黄芥末色。上身是灰色的外衣，方格图案。他的牙很少，有蛀牙，显然是抽烟的结果。红红的鼻头上可以看到毛细血管。脸上的皮肤有些松懈，却很白。小耳朵，柔软的脖子，手也很纤瘦。手指短而细小，有些变形，蜡黄色。指甲啃到了指尖肉处。他的发际线很高，但额头显得很硬。一双黑色的大眼睛，显得很聪慧，对，明亮得发黑，深邃、灵活、明亮。这双眼睛窥伺着、记录着、判断着。对，还是透亮的、野蛮的……而现在他的眼睛一眨不眨，目不转睛地看着她，目光也不再鲜活。这异乎寻常的目光！没错，这就是她要等的人，毫无疑问。

现在他伸出手，指了指女人的头部。她还有些蒙，一下子没明白他的意思，之后才把帽子脱下并放在右手边的座椅扶手上。他继续做了这样的动作，这次还流露出了厌恶和愠怒。他用手示意她，也就是说，把帽子扔了，别让他再看见这块抹布。女犯人将帽子扔向身后，帽子撞到了窗户，像只死鸟一样，然后，也没什么声响，落向了地面。

他不再看着她了，他低下了头，看着桌上的水晶台面。因为他无意冒犯她，由于此前一直看着她，而现在，她没有了能遮盖住她光头的帽子。

他就这样说话，低着头，没再抬起目光。

"希望您和我在一块儿还适应。我们可以讨论，您知道，我受不了太漂亮的东西，太分散注意力。"

那帽子呢？为什么让她把帽子摘掉，好让她露出光头，光亮得像个球一样？女人看着他，有些生气，在那么一刻，她想尝试判断出他的逻辑。或许这不过就是个最简单的陷阱，很有可能。

"我跟他们强调要尽可能让您保持正常的状态，让您显得一切正常，凡事您都能正常应对。至少让您显得，最终，如果有可能的话，尽量的平庸普通，甚至是乏味的。您不要显得太过于有吸引力。我讨厌惊喜,以及刺眼刺耳的事物……希望您和我在一起还适应。还希望您不要搞混淆,以为我可能不是您所想象的那样。我们可以是一种平等的状态。您也可以试着了解我或理解……刚好也给了您习惯适应这间房间的机会,不是吗?我对一切分散注意力的东西都感到生气。我不喜欢,我跟您讲过,任何令人震惊的、惊喜的、任何无意义的情绪。"

女人没有再看他,但她感觉到他抬起头并看着她。"对于这次会面,要掩饰自己的兴趣,不要让他吸引我的注意。千万别认为这不过就是两个普通人之间的普通会面,这正是他想暗示的。而事实上,陷阱到处都是,很难知道哪些更为危险。我要尽量避免一切陷阱。有太多我不知道的但需要注意的。看啊,这次我已经领先他一分了。"女犯人或许这样想道。

"让我们来回顾下,所以,最近几个月您都在这里。开始的时候,您常常挨打,几乎每天都受尽折磨,有时甚至在半夜。对于一个女人来说,您能承受多少就挨多少打,您便越来越虚弱。直至您不省人事,当然,他们还在辱骂您。您可能没有听到,他们乐此不疲,冲您吼着那样下流的脏话。每次,他们都要求您供出那些人名,要您说出都曾和谁接过头,会过面,还有你们密谋会面的地点,你那些朋友各自都有什么任务……接下来,挨打的时间变少了,每天也就几个小时,然而花样却更丰富了。他们曾让您在外面雨中站了三个小时。接着,每天让您挺直站几个小时,让您站在粉笔画的一个圈儿里,那圆圈的直径也就跟篮球差不多。我听说,您的腿肿得很厉害,都粗了一整圈。脚上的肉都胀出了鞋面,跟个面团似的,以至于您连鞋都脱不下来……可能有一次,也可能是两次,在夜里,您发现床上有老鼠。如果那还算是床的话,那不过就是个装染病死尸的窄棺材,或者是钉半死的人的停尸板,只要不太晃动就行。他们还在夜里的走廊里拉警笛?他们弄来一些猫,然后打这些猫,还是在晚上,在走廊里追这些猫。尽管如此,他们可能并没有强奸过您。尤其是在您挨打的时候,或者是您快到极限的时候。软弱和强硬一样,有时候太过了的话,就会招来挑衅,您知道就好……他们没强奸我又如何呢?可能您会想,反正他们用其他方式打击报复了我。尽管如此,这还是有区别的,希望您明白,这还是有区别的。"

女人本以为他会露出奸笑,露出讽刺的微笑。然而他看起来并没什么,无法将他说的话与他的表现关联起来。

"他们剃了您的头发以后,又强迫您用您自己的头发做了一种扫灰的刷子?不只是用来扫灰的吧……话说,他们还忘记过给您在房间放陶罐?尤其是您肚子不舒服的那几天。或者他们故意做手脚让您腹泻?您能明白的,这显然都是故意的。半夜,让您在四个交叉的射灯中间站着,火烤一般?他们将您的头按进肥皂水里?都是些很低级、很残暴的想法。在衣柜大小的牢房里关两天禁闭?很黑的吧?当然了,再加上日常的挨打、嘲弄、无理取闹,泔水一样的饭。我们回顾这些,一点都不愉快,不是吗?"

他发现,虽然她双眼紧闭,好像,她的脸色逐渐变白了?而且她那带着双小眼睛的脸庞,越发的煞白……

"他们到底是为了什么呢?总是同样的问题,那些您不愿回答的问题,他们知道,您也不会回答的。您可能会有些意外,其实那些问题他们并不感兴趣。他们不停地折磨您,这些问题不过是给他们提供了惩罚您的借口。他们让您重复您的口供,然后再告诉您,其他人不是这么说的。他们说您的口供前后不一致,昨天是一番话，而今天，又是另一番话，他们总能找到借口。"

他没想要她做任何回答。他弯曲双肘支撑在桌面上，看着她，没想让她参与他的话题。

"他们也没什么可干的，这就是他们吃饭的手艺。有时候，看起来，他们似乎成功了，很难让他们明白这不过就是徒劳而已。当然，他们习惯做这个了。说实话，没准就是为了好玩儿。我能确保，今后您不会再受到任何折磨虐待。您要是死了或残废了，他们也得不到什么好处。他们可以做出让步，还请您拭目以待。这将会成为一种制度，虽不完美，但至少正常……那么，您是在一个周三的下午被捕的，七点十六分。在曼迪切夫斯基路上的七号房子前。离公交车站几步远的地方，就是您下车的那个站。您迟到了，您又生气又焦躁，这可能是您曾经的一个缺点。尽管您每次都十分注意，提前准备，以确保不迟到。正是您的担心，说明准时很重要，事实上，您是很准时的。然而在最后一刻，您刮破了丝袜，或是您发现裙子少了个扣子，大衣领后的扣绊掉了，要么就是发现鞋子脏了。我假设，在那天，您觉得有什么过失……其实，地下接头或多或少有些像约会，而约会又多少有些像地下接头，不是吗？对于您来说，这次会面的性质，您也没法很清楚地界定？这样的情况如果迟到了会很糟糕的，当然了，会很糟糕的。在星期三那天，公交车来晚了。不只是公交车，显然不只是因为公交车……"

他的话语很有技巧，将她的注意力一步一步地吸引了过来，而她直到现在才发现，那小扁瓶还在桌上。他拧开瓶盖，随手把玩着瓶子。在椅子旁，或在桌子下面，没发出任何声响。要特别注意才能看到他的动作，就在他说话的同时，很快地嘬上一口，也几乎没听到任何声音。他是靠他的自身品性和想法让别人产生兴趣，而其他的细节，则显得不那么重要……

"其实公交车没按时来并不完全是意外，是我们有意而为的……让公交车迟到一点点，我们认为这很有必要。我很高兴这没让您太过惊讶，如果您真的目瞪口呆的话，会让我失去耐心，让我感到心累。所以这让我很信任跟我对话的人，希望我们能相互理解。"

突然间，他挪动椅子，离她坐得更近些。他的气场很弱，露出凄惨的模样，就像在向她求助似的。又好像在向某个朋友坦白，几乎就要屈服了一样。

"您知道，我不太会盛气凌人，我没那么在意这些。我告诉过您，我坚持让您保持在一种正常的状态。否则的话，我便什么都不能……就在我们谈话前，当我得知您曾被打、被恐吓、被羞辱，我浑身都感到不自在。您知道，我不能……不，我就是十分厌恶这些。说实话，我还有些害怕，怕我自己，怕他们。我害怕这些事，没准以后就会发生在我自己身上……"

女人集中注意力，变得紧张起来。她已然感觉到，在他们对话的间歇，她需要格外注意他那无助的表情与面孔，以及稍后，或与此同时正在上演着的，他那赤诚坦白的假象。"您知道，我受不了太漂亮的东西。"这是他的开场白。他的表情与声音都充斥着无力的哀诉，无疑像是个小大人儿。

"所以您迟到了，同志们都还没看到您，您就被捕了。您看，我们的游戏有时确实需要一点手段……对于那些我想问您的，我想建议您的，您可能会感到有些紧张。我们可以这样说，您也别太焦躁，我已经知道了您都能坦白什么。还有，我知道，您认为您自己不太会判断事情的严重性，所以作为防范措施，您把所有事儿都看得非常重要。我不需要您向我透露什么，我知道你们平常都是哪些人在参加组织的活动。我很乐意读那些调查报告，我还要求再补充些内容。他们真正做了这些'传记'的研究，几乎可以说是专题论著，不仅仅是关于西蒙娜·斯特里汉同志的。朋友们都叫您西亚，对吗？也就是西亚·斯特里汉……我还很好地了解到，就好像我和您的那些朋友们一起生活过很长时间，巴尔博萨先生患有肝病，也有点小钱，而小伙子帕特劳莱亚，外号诗人，不太能经得住'石榴裙'的诱惑。帕特劳莱亚不会因为有艺术倾向而为自己开脱，不是吗？也不会因为家庭出身低，来自贫农家庭，甚至赤贫而为自己辩护。更不会因为身体虚弱而为自己辩护，尽管他实在是有些弱不禁风……尊贵的默尔格里特夫人是个狂热分子。她其实还是个彻头彻尾的交际花，她喜欢上流社会那些一切正常的，或是不正常的乐趣。当然了，她也在向上流社会爬，不像那个工程师……这有穿堂风，是不是？"

他突然站了起来，仿佛受到了惊吓，双脚站立在那里。他在书桌后面，窥伺着周围。他的鼻孔嗅闻着，好像耳朵也竖了起来，活像一只兔子。看啊，没错，这个男的确实有点像兔子，真的，怎么早没发现？家兔的脑袋？可能，他又有点像蛇？鹰钩鼻，他有一点鹰钩鼻……据说，历史上的伟大人物都是鹰钩鼻……他的额头又高又宽，也像那些伟人一样吗？然而他的眉毛，作为他情感的标志，则不是那么的浓密、粗重，看啊，反而很稀疏。他额头上流着汗，现在鼻子上也出汗了。他只有两边的鬓角还有些稀疏的头发，他脸色苍白。他的眼睛好像是近视，而且一直不停地眨眼，似乎这是由于他的胆怯与腼腆造成的。

他僵直地站在那里，显得有些惶惶不安。他的外衣敞开着，露出了里面的羊绒衫，看得出羊绒衫由于穿太久而变得松垮、掉色。

羊绒衫挂在他身上皱巴巴的。他的皮带应该也用了很久，一截皮带还露出了裤子，在敞开的外衣中间耷拉着。

他在那里晃动着，有气无力的。他低下头，身体有些抽搐，看起来好像是胸闷。他那一直延展到头顶的秃脑门，变得有些发红。他从兜里抽出条手帕，攥在掌心，不时换到另一只手里，他捂住鼻子……阿嚏！

女人忍不住地笑了。他重新抬起头，看到了她，在刚刚的咳嗽和喷嚏的眩晕中，发现她在偷笑。他也不好意思地笑了，还磕磕巴巴地嘟囔着什么。

"我有点过敏，你知道的。哪怕很小……很微弱的……很微弱的穿堂风我就，我就不行了。"他呼哧呼哧喘着气，从书桌后走出来，奔向门口。

虽然门已经是关着的，他仍旧推了推门。他蜷缩着身子，浑身发抖，喘着粗气，被击垮一般，颤抖、抽搐、淌着口水，身子时而倾斜、时而弯曲，仿佛就要死在这门把手上方了。他尝试着大步走向窗户，还险些绊倒自己。他撑着女人的座椅，摸了摸木窗框、窗台、窗把手，一切都很正常……然而，阿嚏！他半死不死的，整个人都垮塌了，他也无能为力，就这样打着喷嚏，好像多乐意打喷嚏似的。他的鼻子上早已布满红红的血色，变得十分柔软，多汁。他刚把手帕放进兜里，又从兜里拿出一个，他把整个脸都埋进了手帕里，双手攥得紧紧的。他抽搐得连话都说不完整，着实感到有些不好意思。

女人透过窗户，看到外面天色渐晚。可能在不知不觉间，已经过了很长时间。她望向墙上的时钟，但没看太清楚。上面的数字和指针，在布满灰尘的钟盘上十分模糊，犹如在迷雾中一般。

历尽煎熬，这个体弱的男人终于能呼吸了。然而他已经没了兴趣，很可能也没了力气，以继续完成他的表演。这"乐谱"变得令人无法承受，可能他对此也不再着迷。好像他也受够了戴着这智慧而繁复的面具。好像一切都崩塌了，正如这个怀疑论者所预测的，在徒劳与滑稽的言行中，他也有些懒了，可能……他好像在说，相比于懒惰，什么都不重要，什么事情也都不能更深入、更诱人、更安全、更明智。他找不到任何一个去劳累的理由。突然间，他仿佛受到了惊吓。

女人仍在笑着，然而，面对男人刚刚的不幸，在那么一刻，她的笑容中逐渐失去了怜悯与同情。她的笑容中仅留有厌恶、蔑视，还有些僵硬、做作。女犯人看起来像是睡着了，似乎马上就要睡着了，或是晕倒，死去，脸上还带着如此可怕的笑容……而他突然间，猛烈地将金属瓶盖摔向水晶台面。

他怒目圆睁，神情也变得锋利无比。他摔瓶盖的动作迅猛而突然，这书桌就好像是断头台。

然而，他立马就后悔了……立刻为刚刚的行为感到不安，假装只是在找那个酒瓶。他把小酒瓶立起来，这次他光明正大地来了一大口，没再遮遮掩掩。他嘟起他那丰满的嘴唇，喝了差不多四分之一。他重新振作起来，却又有些厌烦地坐在了椅子上。

"我也很讨厌无聊，女士。我觉得，这应该看得出来。我讨厌无聊，希望这是显而易见的。正如讨厌工作，讨厌劳累、务实。甚至是讨厌逻辑，有时还会讨厌真理。常常如此，我就是个……"

他十分坚定地强调着开始的几个词，然后他的声音变得弱了一些。他重新安静下来，希望更加客观一些。

"对，关于西蒙娜·斯特里汉，我没必要告诉您我所知道的一切,以及关于迪努·巴尔博萨,蒂娜·默尔格里特,工程师马泰埃斯库。关于卡哈内,你们叫他阿加哈内,关于诗人帕特劳莱亚,关于那个聪明机灵的工人,维克托·沃杜瓦。当然也包括最重要的一位,你很仰慕的那位。可能不只是仰慕,我知道,我知道,我了解关于他的一切,怎么说呢,您爱的男人,这么说对吧。我没必要再让您感到无聊,并逐一向您讲述我所知道的一切,关于每个人以及关于所有人的,我承认,确实没什么必要。而我更需要告诉您的,更重要的,是我所知道关于我自己的事情。让您相信我是公平的。我提供给了您关于我重要的信息,就像我了解到的关于西蒙娜·斯特里汉的信息一样重要。是为了让您尊重我吗?我觉得我们已经成功地唤起了您的兴趣……对于我来讲,这才是对我唯一的尊重。希望您相信,我也很了解我自己。虽然我只是个……正是我刚才想告诉您的……我是个外行,彻头彻尾的外行,这就是我。"

他的身体前倾弯曲,肩膀在桌子上方,在小酒瓶上方。他低声自言自语着,头低过了肩膀,没有再看他的观众。

"我还算是能被容忍。粗心、懒惰、乖戾、懦弱、不切实际。我还算是能被容忍。他们最终还是接受了将我视为'必要之恶'。因为我对他们来说还是有用的、有必要的,他们也不得不承认。虽然他们不理解我的行为、安排和推论。虽然他们讨厌我……他们应该特别乐意把我关在牢房里。对于一切他们所不能理解的,他们选择报复我,就用那些您知道的方式。而且,他们可能更愿意看到我进棺材。过了几个月他们也没找我,也没人理睬我。然而最终他们还是找了我,没讨价还价,也没多啰唆。他们答应了我的条件,答应了我要求的数额,答应了我所要求的行动自由。他们没要求我遵守他们的日程,他们那苛刻的准时,以及那些杂七杂八的规定。其实，他们都没明白怎么回事儿就答应了我，我跟他们讲话就像对牛弹琴……有时候，您知道，我也说过不该说的话。我向他们解释了，常常出现这样特殊的案子，这种特例是可以预料到的。就像身上的赘疣，都是生命中不可或缺的组成部分。在他们的憎恨和纪律般的愚蠢面前，这毫不起作用。他们好像是来自不同世界的未知物种，完全没有办法理解。他们真应该首先去了解到底什么是人，我到底在跟他们说什么。他们需要我的想象力，我的脾气秉性，我的毛病以及我的判断。毕竟他们发现了我也是个特例，就像西蒙娜·斯特里汉一样，我们俩……然而，可能那位您朝思暮想，不可缺失的同志比我们俩更特别。因为正是他的特别，他如此的不一般，说实话……当然，我有时还搞得定。坦白讲，这很好，足够的好。否则，我现在也不会在这儿。他们不仅让我在这儿，还能让我以此谋生。我简直就跟个巫师一样！虽然令人恶心，还患病、胆怯、健忘、反复无常，但能给他们做事！报告需要有圆满的收尾，情况必须乐观，工作的那种圆满乐观。我们可以这样说，这种工作，就是人给人发明的，没什么大不了的，和所有其他工作一样，就如同那些消耗我们时间的妄想与幻想。总之，这个案子给他们带来了极大的麻烦，有三个月或三年了，差不多已经或将要结束了，而那些乐观主义者倒是喜欢他们那愚蠢的'手艺'……可是我也不总是成功，也会有输的时候，或者就没赢。或者，简单地说，我的懒惰、疲劳、心不在焉，以及，对，没错，慷慨与厌恶，有时候是其一，有时候是其二，两个都有，都有，只因我也是人嘛。我也是人，您能想到，我也不可能没有输过，我常常输给我自己。他们狭隘的想法没法理解失败是再正常不过的，失败也可以带来乐趣，凡人皆有失败，多少忧伤……多少失败都包含在解决办法中，至少这些办法在当时是合适有效的。我还告诉他们，事实上，他们只有失败！只不过有的没那么明显而已，虚伪、欺骗无非是看似好像成功了。如果不给他们办事，他们就忘了直到现在我付出了多少。他们就会忘了，没错，突然就忘了自己的无能，他们又会重新觉得他们那死板而愚蠢的观点是对的。他们会冲我吼，说我这样一个无能又毛病多的人，怪不得如此难堪大任。他们终于找到了羞辱我的机会，向我的脸上唾弃着他们对我的怨恨。他们的自负、愚蠢与他们对我的打击报复，这些东西集中成了他们对我的恨。他们再次用愚蠢的怀疑来折磨我，这可不简单，尤其是对我这样一个人来说。您明白的，我希望……怀疑本身就是我吃饭的本事，是我每天能得到的'面包'，然而这'面包'却是干的，它好像是一块巨大的粉笔，或是冰川上坠落的巨冰，隆隆作响，正砸在我的身上。有时，将这石头一般的'面包'浸泡在葡萄酒里、醋里。连续每周，日夜地吮吸这块'毒海绵'确实让人有些头晕。我都开始怀疑我自己……我已经很怀疑我自己了，也就不需要别人再来怀疑我了！我有些烦躁，无法再做出判断。我变得瞎了、聋了、瘫痪了、迷失了。我又重新找到了那卑鄙、忧伤、肮脏的状态。有那么几个月，我什么都干不好。恰好是这些蠢货，当我出现的时候，他们才应该变哑巴、变瘫痪！然而最后，他们还是找了我。之后，这些可恶的人还是找了我。当出现一些非常奇怪的情况时，他们的尝试总是徒劳无果的。那个妄人！他们这才想起来。那个妄人或许可以找到解决的办法，那些可悲的人或许这样想到……我不知道该从哪里开始，犹豫很长时间才开始。我对自己也没有信心，我不是很确信。没有信心我什么都做不成，哪怕有那么一点也好，哪怕只是错觉也好。我觉得他们就在我的周围，这些粗暴蛮横的人突然闭口不言，但他们就好像骑在我身上，压得我喘不过气来。他们监视我的做法与想法，有那么一瞬间我需要些消遣来帮我缓解！酒，一个女人，一本书，一次休假。甚至是一首诗，您别笑，有时候也可能是音乐……我重新回到一种愉悦而又有活力的状态，在被挑衅过后，我便打破枷锁。我的眼里只能看到目标，情报，假设和解决的办法。"

天色渐暗，然而他并没有开灯。外面还没有完全黑下来，或者，可能夜幕已经降临。女人虽然看不清他，但她能感觉到他站在书桌后面。

"如果有个领导特别会用人的话！他会用我的，而且还能很好地利用我的缺点！这些缺点：懒惰、马虎、不修边幅。正是这些缺点给他们提供了多少可以想象的空间！当你开始行动的时候，别人根本没法预测也没法提防你的意图。然而这些仆役们，能找出一个脑子好使的吗？他们过了好几年才不得不承认我的品质，至少是因为需要，他们不得不学着像我一样。他们也不得不容忍我，许诺对我有利的条件……非常好的氛围！正因为我的这些品质，可能也没什么，然而我还是被给予了必不可少的保护，同时为我形成了一种特殊的保护机制。或许这就是为了让他们明白，我的作为给他们的'游戏'开辟了更广阔的局面，而他们自己可能要用上一个世纪的时间。"

他转动手腕，左手右手来回搓着。两只手的手指也上下变换着位置。

"没错，我就是个外行！"他不是个"手艺人"，也不是公务员。就是个外行，义务，领导，系统的，强制的日程安排和工作，对于他来说他完全不习惯。他干的活儿虽少，却乐在其中。就为了钱,为了图个乐子。他只有在开价诱人时,有机会接触案子的内幕时,能接受考验时才会接手工作。他保持着自己的直觉和对待游戏般的兴趣。他十分有意愿去创造机会,不断拓展着由于意外所带来的机会。"您看……我对您能向我坦白什么并不感兴趣。我知道关于你的一切,关于你们的一切。此外,如果您想看的话,我能提供关于任何一个人的资料信息,并绝对出乎您的意料,哪怕是关于我自己的。好让您更好地了解您的战友们,以及您的对手。事实上,我不得不承认,我们是对手。这就是,现在……然而,然而……理论上,如果我们想要去寻找我们最为内在、更深层次的东西,我觉得情况就更复杂了。我知道很多,我可以说,就算加上您所犯的那些不法行为,直接的或间接的,其实,您之所以重要是因为我让您重要……想法,很容易就点燃年轻人的思想。对权力的征服着实让人着迷!然而之后却更难……权力掌握在手中,一切都变得更为复杂。我在所有地方都待过,这点可不能忘,我了解这都是怎么回事。"

女犯人等着,看看他是不是打算之后都用"你"来称呼自己,还只是他不小心将"您"说成了"你",可能他自己都没有发觉。

"你也应该发现了,你这个也不是最有意思的案子。然而对于我来说,你还是格外重要的,毕竟跟别的案子有关联。你是有重要性的,我跟你讲过,你重要是因为我让你重要,因为我找到了这其中的关联。你的朋友,没错,他确实吸引我。说实话,他值得受到不同的重视……同志们可能会怎么想呢?那天你迟到了,而恰好在那天同志们又都被捕了。或许,您不知道……我很谨慎地没让他们知道,其实与此同时您也被捕了。接下来,我有在想,要不要最近就把您放了。这样就会加重他们的怀疑,不是吗?那个我们俩都为之着迷的人,在其他人的怀疑下,在他自己的怀疑下,还会护着您吗？能理解他，我能理解他。这是一种典型聪明人才有的残忍。强硬和无能，如果是无能，则需要更多强硬的力量来补偿，而过强的力量又是极大的缺陷。又增添了一份魅力，不是吗？脆弱……正是他的陷阱与他的结束。尽管如此，正如我所说的，能理解他，我能理解他。聪明人决定克服弱点与犹豫不决时，会表现得过于忠诚，做出些出格的事情，这才是最为危险的。我可以向你确保，我关注追踪他很久了。十年了，我已经很了解他了。他一直受到威胁和恫吓，不仅仅来自我们，也有其他人的，或者就是他自己。我们就让他自己跟自己作斗争……我觉得，这足够了。然而其他人并不理解我，也不批准我的计划方案，这些蠢货忽略了我敏锐的洞察力。"

这老头儿喘着粗气，不禁有些激动。他时不时会有这种焦躁不安的状态……女犯人等着，但一想到他可能会靠近自己，她不禁哆嗦起来。然而突然间，房间中充斥着他的怒吼。

"不，这不是在胡说八道，也不是在开玩笑！你没必要这样蔑视地笑。可能只是有人花钱雇我来扮演这双重角色，或者我演的角色就是双重，三重乃至多重的，你又怎么能知道呢？是谁给你的权力小瞧我？"

就在他咆哮的间歇，他突然打开了桌上的台灯，以便确认他的猜测。他站了起来，浑身颤抖，用他的小拳头砸向了桌面的水晶玻璃。他涨红了脸，肩膀也在颤抖。他怒目圆睁，盯着她，他的肢体语言也变得异常激动。他的身体好像痉挛发作，狂乱地抽搐着。阿嚏……是的，他又开始打喷嚏了，这个小兔子……他不停地打着喷嚏。可能，一时间包括他的耳膜在内，他感到身体内的各种膜都有如受伤般地在振动，他周身的愤怒与虚弱使其变得更为敏感。打完喷嚏的畅快感！可能令他感到净化与恢复的不只是他的鼻黏膜，而是他的灵魂、心灵，还有他的罪孽。他急促地呼吸着，感到了全身的净化与放空，容光焕发。他无法平静下来，感到了筋疲力尽。接下来，他有如被击碎一般，倒在了书桌上。他的手掌滑倒在玻璃桌面上颤抖着，向前摸索着，寻找着台灯的开关，屋中的光亮消失了。

经过很长时间，他的声音又恢复了，听起来有些羞怯，在黑暗中萦绕。

"我的游戏比你想象中的要危险，丫头。比你预想中的要残酷得多……这是头脑的游戏。要有描绘蓝图的能力，还要有天马行空的想象力，一种灵活的头脑，宛如集成电路一般精美。我没什么个性，真的……然而我却极为残忍，你要知道……我是个尊重你的对手。你会明白的，之后，你会明白这个的。"

房间仿佛下沉一般，越陷越深，越陷越暗，直至漆黑一片，几乎辨别不出任何东西……然而他的话语就如同黑暗中蜿蜒的小路。因为喝酒的缘故，他的声音变得很粗、很沙哑，有时这声音又如同玻璃一般平顺，还带有些潮湿。他的话语夹杂在喷嚏的间隙，房间中只有他的声音，然而突然间被打断，声音变得微弱，就好像一个吹大吹薄了的气球，触碰到了刀刃。

或许……就不应该听他讲话。近来这几天为了驯服她而做的准备，早餐以及午餐，然后是这仍未结束的会面，在一开始时给她所带来的震惊……不稳定，是工作的一种前提，倘若没有不稳定，这个危险的小丑便无法思考和呼吸，这是一种脆弱的机制，令人迷惑的机制，通过当前如此多奇怪的事物组合在一起，也许最终会奏效……她仍然摇摆不定，还有些头晕，她尝试着调整好自己。她内心空空如也，在历经了大起大落后又恢复了平静，使她变得更加坚强……哦，一切都令她感到疲劳，令她筋疲力尽。男人渐渐地、成功地转换了她的想法，让她感受到了，这持续不断的紧张气氛的变化……什么都有可能发生，但她现在也不管了，她没有了力气，没有了，没有，没……

由于困倦，她慢慢地滑进了座椅，似乎什么时候听到了"丫头"这个词，但她有些恍惚，没有听清，便放弃了。她几乎就要睡着了，可能是因为害怕紧张而感到有些疲劳困倦，她又一次感到有些恍惚，睡了过去。然而他却监视着她，窥伺着她，像只又大又丑的兔子。

她握紧双拳，为了不让自己睡着。尽管如此，她还是慢慢地滑入了座椅的柔软中。她的身体舒展开来，好像流水一般。她不应该放弃，不应该，她夹紧双腿。她已经很长时间没有听他讲话了，或许他也没有说话，可能都不在这了。不想再听他讲话了，她堵住了耳朵，这样他就不在这儿了，不在了，对，这样就不在了。

她艰难地抬起手臂，慢慢地，没有任何声响，令人觉察不到。这个可恶的人，可怜的人，他已经多次证实了他感官的敏锐。即便在他心不在焉时，在昏暗漆黑中，他也能察觉一切动作。她靠着椅子的扶手，成功地用手掌捂上了耳朵。但她不想睡过去，她需要保持清醒，一定要集中注意力。

先生阁下想表现得脆弱一点，然而他还想表现得再狠一些，其实他却没有那股狠劲儿。他的内心垮了，不止一次，在一段时间内真的崩塌了，却隐藏得极好，他时而夸张卖弄，时而故意隐藏，让人难以辨别。如果有人真的能够察觉，那么一定可以避免心中的疑惑，并有机会将其摧毁。

老实说，无论如何，他成功地让她对一切深深地感到不确定，对他的话语，判断的怀疑，甚至是对自己的怀疑，还包括对他这无休止独白的怀疑。他还成功地给自己的独白赋予了神秘的色彩和坚定的方向，然而这方向并不清楚，或许，他正偷偷地推着她朝着这个方向走，他所做的这些出乎意料的行为都是些在他前路之外边缘的事物，常常是一时灵光乍现的结果。

这很值得思考，比如，为什么他提到了工程师马泰埃斯库，而不是马泰埃斯库兄弟，那两位工程师呢？年轻人帕特劳莱亚并不像个花花公子，反正，至少不会想到他是农民出身。他专注于搞艺术，没错，最终她就能想到这些……然而她根本想不到他身体虚弱，对他虚弱身体的健康状况更是一无所知，她也看不出这其中有什么关联。尽管如此，她重新去回忆他，一切都显得好像是有可能的，是如此的真实。

他不说话了吗？这个小可怜，这个怪物，他哑巴了吗？他像她一样打着瞌睡，难道他也累了吗？他缄默不言，已经很长时间没听到他说话了。除了靠听他的声音，甚至都无法感觉到他的存在。她等着，每分每秒，虽然她尝试着去想些别的，但她仍窥视着他，她感觉到他就在周围的某处，用手呼扇着空气。他那柔软而纤细的手臂扇动着，像只蝙蝠在房间的墙与墙之间飞舞，靠近她，将她叫醒。好像是在报复她没有听自己讲话似的，他会猛扑向她，扒光她，暴打她，他还会……是的，他完全有可能因为愤怒而做出任何的举动。有几次，除了他那亦真亦假的冷漠与羞怯，能感觉到他长时间散发出一种异样，他的愉悦与憎恨，以及他的兴致，然而他却将这些把握得很好，控制得很紧。就好似一束光瞄准了她、触碰到了她，但她却看不见这光亮的方向。她就像要被打了一般，不禁害怕地哆嗦了起来。

她抬起了肩膀，抬起了头，把手从椅子上放了下来。她的听觉也跟着紧张了起来。男人虚弱地、有规律地呼吸着，像只娇宠的兔子，可见，这只兔子也有些困倦了。他们真是假装把这会面搞得很复杂，可笑的复杂！

"不，我没睡。我是想让你休息一会儿。你很累了，我理解的。"这个幽灵低声地说道。

恰好就在这时，他们俩都吓了一跳，因为惊吓，他的手臂还打在了椅子上。电话响了？即使他也没有想到这时会来电话，他们又想到了什么新点子呢？

世界末日般的响声，然而在一片漆黑中，他却摸不到听筒。他最终还是接起了电话。

"喂，是你吗？你怎么打来电话了？还没，没，还得一会儿。放心，没有，我没对她做什么。假发？哈哈！没有，我发誓！"

他试着勉强地笑了笑，看上去有些畏惧，有些难堪，又有些被冒犯到。然而同时他既欣喜又愤怒。

"差不多，别客气。不是为了这个。对，我就是热热身，对我来说也没什么坏处，你不用担心。不，别再打了。这是命令，就这样吧，别……算我求你。"

他低声向电话中的她请求道，不好意思地对着听筒嘟囔着，他在椅子上蹭来蹭去，像个做错事的小孩子，他露出了被女人支配的惧色。听筒中，声音也没有升高。电话两头都带有着一种哀诉，或是一种奸诈的请求。

可能电话听筒还没有放下挂断，她什么也没听到。然而他们的声音已经沉默了很久，可能他们只是在聆听对方的呼吸声……然后，他慢慢地和椅子一起转了过来，没说话，等着。

终于，他按下了台灯的开关。他们两人都感到一阵刺眼，不约而同地揉起了眼睛。长时间的漆黑过后，他们两人都感到这光线是如此的耀眼。

女人再次看了下书桌上方墙上的时钟。然而由于刺眼的光线，她的双眼变得有些失明，什么也分辨不出。一切都显得煞白，所有东西都似乎是相同的。

"我估计，你将要忍受你朋友们的不信任。此外，别忘了我跟你说的：在他们的诉讼里你不会成为被告的，我们很有可能放你一马。然而，我们同样也能定你的罪。不一定是你政治上的图谋不轨，我们会找其他理由的，我们只是暂时还没决定而已。我对你是敞开了心扉的，但你也别想错了，我不是一直都这么真诚的。而这次，我选择了这样。这是我所计划的一部分，你不要以为这是假的，时间会证明给你的。不，我没有在欺骗你。这是一个尝试，开放游戏的尝试……今后在你身上所发生的一切，我依然实话实说，就如同戏剧中所演的那样，都将与你爱的男人有关。也就是说，都将与卢奇安·哈里加有关。恰好你将从他的身边，或者将从他的视野中消失很久，斯特里汉小姐，或者斯特里汉同志，你们相互都不知道对方的情况……劳动的自由、爱情的自由、创作的自由，很美好，对吧？艺术家们很自然地成了反叛者，是因为他们所拥有的特质，更是因为他们所没有的特质。最终，艺术家成为先驱或是后继者，无论如何，这都是不寻常的。他找不到容身之处，找不到内心的平静，找不到自我的满足。他们无法融入他们的工作、家庭与法律秩序，也因此选择了完全不同形式的虚荣。确实，艺术始于假象，始于痴迷的假象，无所适从以及不恰当的假象。然而艺术供养着……重复着一门过时了的美学课……由执念而生。这个弱点，是真实存在的,如果我们好好地去想一想,或许这就是那难以撼动的强权之来源。这已经验证并证实过了。当然,我想说,你应该常常站在对立面上。自由,却又有秩序?没用,却又有毛病?差不多您就是这样的。您常常和那些连继承权都得不到的人在一起,这很正常,就像您也能遇到不常见的、先知一般的人……我致力投身于这种乐趣。我试过,所以您要知道,我可不是个新手。我也曾乱写过东西,我也曾被吸引过……那些书籍,最终都会引领你到达那里。我也曾经很长一段时间头脑发热,可能现在依然在燃烧,然而这'燃料'已经冷却很多了,或者可以说是人造、人为的了。也许正是因为这个原因,那些人才觉得我处理起特殊案子来特别有技巧。因为,我跟您讲过了,我也曾常常成为这种彻头彻尾的特殊案子。我输给了我的懒惰与毛病,也有可能是输给了我的聪明才智,我不是很谦虚,想必您也发现了。正如他们所说,我是堕落的产物,也有些人可能会说,我是腐朽的标志……当然了,我这么说也不会让你失去信心,但我敢断言,你们这群反叛者,这群奇怪的人,你们并没有确切而稳定的生活来源。正如我们所说的,即便你跟其他人在一起也还是一样。你已经感受到了这命运的残酷,然而,你可能要过很久之后才能理解它……尊敬的斯特里汉小姐,女士或同志,您爱过这个与众不同的男人,事实上,是领袖哈里加同志!您比他要年轻,你们二人之间的相互吸引,是十分正当合理的。您要知道,虽然哈里加他是或者算是个伊壁鸠鲁学派[①],还是有很多被他所吸引的女人,他们走到了一起,又分开了,没什么可赘述的……您在文学艺术这门课中没拿到高分。我看到了您作品中所表现的真

---

① 该学派主要宗旨是追求不受干扰的宁静状态,并要学会快乐。

理，我能理解这都是关于谁的，关于什么的。这真理是朦胧的，看起来杂乱无章。您也知道，艺术嘛，归根结底还是朦胧隐晦的。真理？这个词未免太大了，大得跟个膨胀的炸果子似的，嗯……艺术的真理，您的艺术真理，可以说不是非常的明显。对于我所提供的服务来说，他们付给我的钱，可以说是个荒唐的数字。可能有的时候，如果我只将钱用于那种花钱才行的快活事儿上，而不是用于其他的娱乐消遣的话，这钱则会显得更脏。这不是暂时性的，而是长久的，我希望我诸多乐趣当中有一个就是您，西亚·斯特里汉……还请您原谅我，我常以'你'来称呼您。我很容易变得喜怒无常，但尽管如此，我的头脑还是清楚的，这点我可以向您保证……我没能成功阻止他们对您持续不断的审讯，当然我也没有必要去阻止。有时，这审讯确实冒犯到了您，给您带来了不少痛苦。他们就喜欢这样白费力气，我也没什么办法。机器就得运转起来，否则会生锈的，这就是他们的行为准则。要我改变他们做事方法的可能性十分有限。可是，他们所坚持的，有时候也证明了还是能有一些成果的。我也没什么办法，如果我还能做点什么的话，我觉得我也都做了。"

他站了起来，在他开灯的那一刻，经历过了一连串的睡梦与梦魇，这梦境就好似穿过那女性柔美般的弱音器[2]。突然，电话火急火燎地响了起来，不禁使他的动作话语没有了之前的紧张与灵敏。而这易变的人性面具也干了，好像被风吹散了一般。很难确定这新的处境是真是假，没准儿，谁知道会发生什么更糟糕的意外。男人突然意识到，他已经失去了他角色的神秘与风趣。但是他现在也不

---

[2] 用于辅助乐器，可使乐器发出的声音更为柔和，动听，显得飘渺。

管不顾了，不知道用了多长时间，他才接受了这冷淡的、无趣的、正式的角色。他不会承认他放弃了，当然，除非他知道他放弃的正是时候。

"您也看到了，我为这次会面带了很多东西，我带了各种各样大捆小捆的东西，我再三检查以不忘记任何一样。为了避免别找不到什么，我核对了所有要买的物品的清单，我还把它们带到了目的地。为了不忘记任何一件东西嘛，毕竟我这个人比较马虎。我也算是个老派的绅士，对于那些给予我重视和尊重的女人，我愿意为其效劳。"

说完最后一句话后，他微笑了一下，就好像这微笑是必需的一样，飞快地闪过，可能也很敷衍。很快又重新恢复了他那平淡无奇的面孔与声音。

"有很多样式大小的毛笔毛刷。有铅笔、炭笔、墨汁，还有水彩和油彩。质量都是最好的，我买的时候都没看价钱。我挑选得很仔细，不管多少钱我都买了。同时，还有纸，所有样式的硬纸板，甚至还有画布。如果你一定想的话，甚至您还可以做雕刻。可悲的是，随便泼墨点儿都能成为艺术，就像一百年前在浪漫主义德意志所展出的那样，可能您还不需要到那一步。我个人还是更喜欢写实一些，虽然完全黑白的写实素描会让您感觉很累，从某种程度上讲，这就像是一次长时间的修行。即使用彩铅，在画中带点颜色，也都是可以接受的。用铅笔画，用炭笔、粉笔、小毛刷、毛笔，无论用什么都行。当然，如果您想画水彩或油彩，您都有完完全全的自由。我不仅仅给您带了所有的工具，还有准备好的颜料，甚至还有用来上釉的树脂。好像是叫这个名字，至少在盒子上是这么写的：天然树脂液油……"

他继续着他平淡的语气,可能他没有察觉到女人的脸因为惊讶而变得有些僵化。

然而,突然间,女犯人张口说话了……

"好,但是……"

她就咕哝了这么一句,仅此而已。如果跟之前的缄默不言相比,这几个词已经足够多了。他悄悄地注视着她,就像她睁大眼睛扫向墙角的那堆东西一样,墙角堆放着、排列着如此多的盒子,还有一捆一捆的包裹。

"我带了您画画所有需要的东西,素描也行,水彩油画也行。如果您一定想要做雕刻的话也行,只是不知道之后什么时候才能得到批准而已。我们得让您,或者他们得让您再留一段时间,可能就是在这里。也许是几个月,也许是几年,很难说。我们是个小国家,很多事情都要取决于世界上的变化。如果您对我的观点还感兴趣的话,我觉得您不会留太长时间的。在我看来,时间过得很快……接下来您每天关在牢里的时间会变得更少一些,因为您每天都得画画了。您就画那座房子外面和里面的构造,就是您和哈里加、卡哈内、沃杜瓦还有其他人会面的那座房子。对于一个艺术家来说,这是不是有点像产业工人的工作节奏?可能只是一开始感觉这样,您每天都画,但可以没有太详尽的细节。您怎么记得就怎么画,这些细节也有可能是重复的,甚至完全是一模一样的。之后您可以慢慢地边想边画每一幅图,这样的画才会更为的艺术,更为不准确或更为准确,这都只是您记忆中现实的边缘,记忆与执念相遇,随着时间的流逝,并服务于……我无须再多跟您解释,您能很好地理解心理学和美学。不管怎么说,记忆都是服务于这份执念,甚至给这游戏服务的。我已经说过了,您尽可以选择怎么去画,我带了所有的东西。然而开始的时候尽量像在学校里画素描那样画。或者交替着来，按照您的想法来画。然而在开始后的一段时间，就只画写实素描。所以他们会确保您每天都有画画的时间。不难看出，这是个很重要的特权，但是您可要努力工作，您要习惯这项任务。在一开始，您可能会感到恶心。而之后，慢慢地，您会乐意做这个，期待做这个的。我们希望您会越来越习惯，您能全力以赴并充满热忱。这也是一种瘾，也是一种爱。而艺术……正是瘾和爱，不是吗？这些画也要囊括那个地方的地形，建筑的结构以及你们人员的构成。我十分清楚您去过那个房子几次，都见了谁，就是您被捕的那座房子。差不多十次，更准确地说，应该是十一次……您需要承认这考验真正的目的是什么，希望这考验对于您这样，或是您将成为的艺术家来说是愉快的、有用的，甚至是有疗伤作用的。因此，您需要承认这你所不了解的行动与考验的真正动机是什么。我们还能做什么呢？我一直在跟您实话实说，尽管如此，细节只有我知道，可能我也不知道。这是一个假设，我也不是很清楚为什么我会开始走上这条道路，而我或我们又将去向何方。说实话，一切事物都重新显得合乎逻辑，易于理解。我知道您曾被教导过，您需要去相信一切事物都是有原因的，都是解释得通的……"

对他的印象已经可以确定，他的话语，正如他的声音以及他那冷冰冰的小人形象一样，带有一种特有的自信与冷漠。

他的手指敲打着桌上的小瓶，没怎么去看他的"猎物"。他继续站在那里，小瓶中的酒渐渐空了。然而他的话语还是那么地快，坚决而冰冷。

"在您的画作中我们可能会找到一些'奇妙故事'，您的画作中有那座房子，更准确地说，是卢奇安·哈里加同志的老房子，对于那些付给我钱的人来说，这是个很有说服力的证明。我的判断力，相对于我的判断力来说，他们那只是模糊不清的幻想。他们会觉得这简直闻所未闻，以至于一段时间后，他们在我的谦卑面前都显得难为情。无论我向他们建议什么，跟他们说什么，他们都会犹豫不决，不确定这到底是来自书本还是杜撰的，或者是根本就是胡编滥造出来的书本，反正他们也没办法知道这到底是怎么回事。谦恭与畏怯，好似显得他们很尊重我，但其实越是这样，他们就越恨我、恨您、恨一切跟书本有关的，或者恨相信书本的人。他们显现出蔑视、盲从还有憎恨，当他们面对书本的时候，真实的或是杜撰的书本……很难去理解一本真实的书是多么的不真实，而一本还没开始写的书是多么的真实，在那么一刻，书的内容还是虚幻的，可能还停留在作者的脑海中。最后，不管怎么说，希望我的思辨没太影响到您……总而言之，我们就这样确定下来，您要画这些让您画的。老实说，这是我一个任性的想法，您也看出来了，我有各种各样任性的脾气。我承认，我这任性的想法足够奇怪，但只要您能让我满意，我就少不了您应得的东西。我说到做到，完全就是这样……可能，正如我之前提醒过您，给您免除一系列的政治流程。或许这样会增加您的同志们对您的不信任感，我希望如此，尽管他们已经对您，对西亚·斯特里汉不信任了。我们关上灯吧……已经不用开灯了，您看，已经可以看到日出了。可以说，我们一同度过了一晚。看啊，多么美妙的清晨！晴朗的天空，无边无际。很不幸，牢狱占据了我们生命的一部分，也就像这天空，像我们生命中的一切喜怒与哀乐。因此我们要以快乐和惊奇的心态去接受生命中的一切，这样就足够了……"

他说得对，地球一直这样转动着……黑夜将他们聚集在一起，又重新将他们一并抛出，抛向一天中冰冷而寒凉的岸边。

他笑了笑，像个死人般。

"麻烦您打开窗户吧。"

女犯人艰难地从座椅中站了起来。她面色苍白，双眼布满血丝，她的黑眼圈就好像一对紫色的鳞片。

她慢慢地离开座椅，转身，向窗户迈了第一步。她支撑着座椅的边缘，继续往前走。她向前挪动着，左手停留在空中，远离身体，没有可支撑的东西了。她离开了座椅，她迈了一大步，快走到窗边时还差点摔倒在地，好在双手及时向前抓住了木窗边缘。

她深吸一口气，沉下肩膀并看了眼下方。然后，她尝试着挺直腰板，左手握住窗台，右手滑向了木窗框，摸到了窗户开关，那块凉冰冰的金属。她的手指握紧开关，转动，没成功。她踮起脚尖，举起另外一双手，同时抓住了两个窗开关，她再次用力想拧松它们。她的额头有些微微冒汗，她又尝试了一遍，一遍又一遍，直到将两扇窗户都打开。她放下双臂，感到有些筋疲力尽，她双手支撑着窗台。很快，她将一扇窗户拉开，推向墙边，她把另外一扇窗也开得很大。她停留在窗边，可以想象到，拂面而来的清风让她的双眼清醒不少。

她看着白而柔软的天空，房子的蓝色墙面，道路好像一条明亮而潮湿的带子，被某辆飞驰而过的车截断，这车就好像一只迷路的昆虫。她双手抓住窗沿，展开双臂将窗户开得再大些。所有窗户都有粗重的铁护栏，即便这个房间也不例外。天空好像被画上了影线，尽管如此，依然很白、很晴朗。

"牢狱之灾、疾病、孤独与不幸，在这奇怪的生命中都很短暂，无法预测会持续多久。也正因如此短暂，我们更要享受这每时每刻。如果不是听他讲话让我感到恶心的话，其实我也会这么说的，谁知道呢。"

在她的背后，他停止了所有动作。难道那个小兔子趴在桌上睡着了吗？或者他还看着她，却没有一点动静？哪怕一丁点儿声响都听不到。

她仔细地听，不，没有，什么都听不到。过了很长的时间，她打开窗户后，休息了一会儿，看着这人烟稀少的城市上空。她忘记了那个和她共度夜晚的人。毕竟，他仅仅命令她去打开窗户……她慢慢地，转过头来朝着他，看他还有没有什么别的要求。

然而房间里一个人都没有了。可能，就在她竭尽全力开窗户的时候，他已经出去了。

座椅完美地摆放在书桌后面，就好像从没有人移动过它的位置，电话也死寂一般。那个小扁瓶，还有那个金属小瓶盖，在漫漫黑夜中无数次闪亮这间屋子，就像生命的小标志，也消失了。

她想做个拉伸，以便让已经麻了的双腿恢复知觉。就让她被遗忘并沉浸在厚厚枕头的柔软中吧。天还太早，她无法集中她的思绪，也没有力气去回想刚刚所发生的一切。

她放弃了回到座椅上，毫无力气，她蜷缩着身子，双肘支撑在窗台上。她一动都没有动，他们想把她拉到哪就拉到哪吧。门是关着的，还没有人来喊她。"他们只把门打开了一下，看我是不是用手弄断铁护栏逃跑了，是不是跳楼跑了。他们看到了我便满意地把门关上了。或者刚刚就是他，喝了两口酒，然后再来看一眼。"

突然间，她感觉到，一只柔软的手落在她的肩膀。她惊醒，好像一条蛇在她肩头滑动，她感觉到了这条湿湿凉凉的蛇。

然而这并未结束，似乎才刚刚开始。那双手轻按着她的肩膀，一切又重新开始，还是从她一直以来最害怕的地方开始。这个看似手无缚鸡之力的老怪物可真有力气。他又恢复了他的力量与兴致，他又喝光了一瓶。又从头开始了，永无休止，他盘算得很好。事实上，他的"猎物"也无力再反抗了。

"不再折磨你了，听着，可能，不再从头来了。"在她肩膀旁，女人低声说道。

纤细的手指在她肩膀上抽动着，轻轻地按着她，让她转过身来。昨天的那个女人，可能，那个皮肤黝黑，锐利而纤瘦的女人，是如此的熟悉，好像是某个同学……感觉她的放荡与母性并存，蓬乱的头发，裙子也因没穿正而转了腰，潮湿的脸庞，流着汗，还穿了件白衬衣，扣子也没扣全。好像她刚刚意想不到地从被窝里被拽了出来，又好像刚被叫醒或者刚熬完夜，或者，或者刚干完别的什么事儿。在她开口的衬衣下面，她的酥胸裸露了出来，抖动着，流着汗。

"谢谢，你很乖，你没有挑衅他……"她低声说道，她的声音是如此的微弱，很难听清她的话语。

她的手像条长蛇，似乎还在向上攀爬，从肩膀爬向了脖颈。这个幽灵还试着温柔地抚摸她的脸庞，女犯人忙躲到了一旁。

"谁把你的帽子扔这儿了？"女犯人听到她那或远或近的声音。

她弯腰捡帽子，用一种十分温柔的眼神看着这帽子，她捡起它，在窗台上掸掉灰尘。她靠近了窗边，慢慢地、小心翼翼地把帽子戴回女犯人的光头上。

这个倒霉的女犯人将她的头贴近了铁护栏，去迎接这一天凉爽的空气与光亮，以避开一直追随着她的声音。突然，外面好像响起了警报声,她可能听到了,也可能没听到,可能这警报声响彻整夜,可能专门是为她而响的,而她却没有听到。

"你很乖,你可以稍微休息一会儿,或者睡会儿……"

不知道是谁,从哪儿,什么时候低声地、慢慢地说了这些话,说得很慢,就好像她的姐妹对她说的。这个女人是光着脚吗?所以她进来的时候都没听到?

门不知什么时候又慢慢地关上了。她闻了闻,周围是很淡的香水,是一种新的味道,淡淡地混合在一起,很难辨识。她看了眼门,又转回了窗边。

她将头侧倚在冰凉的木窗台上,她静如止水。这一天明媚的阳光在她疲惫的脸庞上缓缓升起,她似乎睡着了。

机械人传记

如果长时间不与他人交往的话，我们便无法真正地了解自己。据说，只有和他人来往，才能显露出其中的对比。如果我们不知道自己是谁，能做什么，那么我们将无法想象未来会是怎样的。也就是说，很多过往的数据与信息构成了外推法①的前提。

首先，这个热切的创始人可能在思考着一个时代的肖像，他丝毫不会怀疑在他所提到的作品中我们可以看到他的决定。个性化，如果还剩下那么一点点的话，也只能通过一些参照与细节所找到。最为苛刻的区分，只不过是另外一种表达，仍要依靠原有的那一系列条件。又有谁会有耐心去看，这些如此详尽的履历表呢，这些信息表明天要送去专业机构。不难理解，他并非自愿参与这关于他自己人生的总结与概括。无论他是否认为自己很突出，对于他自己而言，一些巧妙避开的，甚至是惊人的神秘事件便会重新浮出水面，在所收集的材料

---

①根据过去和现在的发展趋势推断未来的一类方法的总称。

中，这些神秘事件将会变得无比详尽。

未来学研究院的新院长，显而易见，他在扩大调查的手段。但相比于运用新的技术来说，他更愿意去寻找一些不同的合作者。

在周四热烈的讨论会第一场会议上，总之，不仅邀请了平日里的老面孔，数学家、心理学家、物理学家、医生、律师，还邀请了一些奇奇怪怪的其他类型的代表。

将会在一个周四的下午，大概六点左右，有着六月份落日的余晖。在奥兰多大街上的白色会堂里，他们将作为邀请人来参会：一个女打字员，一个出租车司机，一个餐厅经理，一个幼儿园老师，一个小说家，一个人事主管，一个体育老师，一个海关公务员，一个储蓄所的职员。

参会者们将被告知，除了对他们的介绍，当天不会再有其他的安排。毕竟这些参会者和这个研究院好像并没有什么太大的关系。

院长直接开始了他的讲话，他没有专门站起来，也没有平日的"请大家静一静"或者"同志们"的开场白，说实话，他好像是偶然发现了坐在第三排靠窗户的某个年轻的出租车司机。在礼堂柔和的灯光下，这位出租车司机微笑着，显得很有耐心……

"克里斯蒂安·沃伊内亚是杰塔克斯出租车公司的司机。他很年轻，你们也看到了，才21岁。我听说，他是名非常出色的司机。但更重要的是，在我们请求他帮助之前，我有机会亲自进行了确认。他在高中时就展现出了对数学的偏爱，虽然他选择了芭蕾舞。接着，他学习了编舞艺术专业，为芭蕾舞事业做准备。希望我没有妄加评论，也没有夸大其词，亲爱的克里斯蒂安……"

克里斯蒂安·沃伊内亚正在犹豫要不要站起来。他有着金色的头发，诗人般发白的额头，体操运动员一样健硕的上半身。他穿着格子衬衫，薄亚麻材质的。这位未来的合作者面无表情地听着这广告一样的简介，就好像是在说其他什么人似的。

"在一次不幸的事故之后，总之……他放弃了芭蕾舞。克里斯蒂安觉得重新捡起数学未免也太晚了，因为作为职业而言，数学就像钢琴一样，是要有童子功的，是要付出大量时间的，他喜欢这么说。但是你们会发现的，他确实是个数学家，还是个钢琴家。这位来自罗塞蒂广场出租车中心的司机同志，我最好还是不要透露，他所给我们带来的全部惊喜。"

沉默的听众们接下来将会了解到，那位50岁，年轻的女士不仅仅是个打字员，虽然这就是她每天所做的工作。然而，她是我们前驻英国大使的女儿，在第一次世界大战后第二次世界大战前这段期间的驻英大使。她还是位装饰艺术领域的专家，作为顾问，她能鉴定有重大争议的东方古董首饰。而这位体育老师，从前是位著名的骑手，还是位退役军官。他是个高级知识分子，有纹章学①的学位。这位谦逊有礼的贵族有着花白的头发，还有着威严的双下巴。这位当前的餐厅经理，在旧金融业务和证券交易领域有过别样的经历，然而他还在葡萄种植和葡萄酒酿造领域获得过无数奖项，那是他规模虽不大却很模范的产业。

对于听众而言，很少有机会了解这么多引人入胜、精彩的人物故事。一阵阵混杂的惊奇声，多多少少令人感到有些刺耳。

当参会者们的注意力逐渐地转向可能主持人都没打算介绍的那位陌生人。总而言之，这模糊的、冷漠的与迟疑的时刻将会到来。

确实，直到这第一场会议的最后时刻，儒雅的经理也没展示这

---

① 西方一门研究纹章的设计与应用的学问。

位青少年的名片。不知怎么的，一些人聚集在一起，青少年不时地看向他们，他像是刚从梦境中醒来。他从第一排的椅子中站了起来，他有些近视，直到这时他才合上了先前放在膝盖上的画报。

相比于这场关于未来严肃的项目调查、研讨与研究而言，一个大概十六七岁的男孩显得与这里极为不符。让参会者们好奇的是，他的外表也与这里很不相符。也正如他自己所承认的那样，与如此多严肃的、思辨极强的教师们在一起，确实让他感到浑身不自在。一个圆润的男孩，头发很少，有几根白发，戴着金属框的小眼镜。差不多比较矮，差不多比较害羞。差不多，总之就是差不多……

可能你们还能容忍得了他，或者到最后把他都忘记了，如果他还不明确去说些什么的话。没人想要征求他的观点，而他的辩驳来得正是时候。这种情况将会发生在第二场会议上，当他给院长同志介绍这关于主题宝贵的前提之时。

下次会议差不多是在下周，一个下雨的周四，争论可能直至深夜。关于这个年轻人的身份问题，各式各样的流言蜚语已经散布开来。年轻的天才数学家，杰出的诗人，虽然还不出名，但恰好被院长同志发掘到了吗？这些各式各样的说法好像很适合他的外表与年纪。然而一些人说他是在美国留学的工程师，或者是过去从纳粹集中营里逃出来的。还据说，他还是某位夫人的情夫，某女歌唱家，正是院长同志的夫人。或者从行政等级上看，他可能身居要职。但只要看看他的年纪，就会知道他们说的不过都是些废话而已。但是自然而然，他们的好奇心会增加。无论他如何反驳，在他们的讨论中如何插嘴，都像是锦上添花一样。据说，就像一种对笛卡尔大师重要的引用，男孩犹犹豫豫、扭扭捏捏的语气及时提醒了他们，这些人就要迷失在他们复杂的细节与谨慎之中了。

无论如何，都需要承认的是，这个青少年确实使讨论变得更为振奋人心。他的一些观点，例如"未来就在现在""时间仅停留在写作之中""在讨论环境之前，集体是什么？集体是为了什么？""平凡的一天囊括了这个时代的全部，就好像还有变化的潜力""个人履历表就意味着政治档案"，正是这个迷惑人的、失态的男孩所提出的。虽然其中的一些言论，事实上是其他的发言人所言。尽管如此，然而却显得他新颖的思想在"煽动"着大家，所以他们最终会觉得这些观点是他所说。

当然了，长期的合作会消灭掉年轻人周围大多的奇怪事和各式各样的流言，可能消灭掉一开始大家敬佩的嘈杂声。然而，关于接下来的故事不同层次的撰写，他将不再从合作者的名单中被忽视或遗忘。

I.1

几年以来，一个矮小干瘪，说话匆匆忙忙的先生，都会定期出现在这家储蓄所。每当度过夏季的休假之后，九月到十月期间，生活再次回归正常的时候，戴着厚厚镜片的斯卡尔拉特，便会出现在这里。窗口的女孩们渐渐习惯了这位督察员同志。他的办公桌恰好就安放在她们之间，他恰好能听到她们日常的对话。流言蜚语从一张桌子飞向另外一张桌子。

斯卡尔拉特先生，他总埋头干着自己的事情，这没什么好说的。但是，当你旁边多了个耳朵时，你也肯定会觉得不太舒服。在他那巨大的、黑乎乎的眼镜片下面，你永远都不知道什么时候，你已经成了他那黑眼镜片中的焦点。

一个普普通通的督察员，例行在年末被总行派来，看一看业务进行的情况。他没有这里职员的那种熟悉的感觉，这里的职员比较人浮于事，好像早已对数字和人感到厌倦。他也没有小人得志的那种傲慢，那种从小跟班升上来当领导的，管的不过就是可能自己到昨天还在做的，或者别人做的那摊事儿……

小维克托叔叔，女孩们这么称呼他。他坚持着自己独特的矜持与孤介，总是将头埋没于纸张之中。当他听这些女职员们讲话时，或多或少还带着些许轻蔑。他看起来是这个样子，当然也有可能恰好他就是这个样子……虽然过段时间女孩们就忘记了他，也不会再去注意他。她们已经习惯了和这个邻居一起度过一年中的最后一季，反正他也不插手她们的事。大概每周他都会给每个人送上一小袋巧克力……当维奥丽卡陷入困境，需要钱时，他没等任何人来向他请求，便直接把钱借给了她。他给了赫塔一个非常好的，看肺的医生的地址，还为伊娜的女儿安排了宿舍。而对于小雏儿，他最喜欢的一位，据说，他却不敢去给她献什么殷勤……他满意地看着她从自己的座位旁大摇大摆地走过，尤其是当她用惊人而浑厚的嗓音打电话的时候，斯卡尔拉特先生把始终埋在账簿里的头抬了起来，但他立刻又不好意思地把头低了下去。显然他在认真地听着，对她说的每个词都感兴趣，他无可救药地被这年轻女人火热的声音所引诱。他还不时用笔在头发上转动，可能他自己都没有注意到，当他倾听这场"音乐会"的时候，露出了一些浓密的白发。直到电话结束他才发现自己的头发都蓬乱了，挺立在脑袋上。过了很长的时间他才反应过来，这才紧张地抽出那尖尖的梳子，猛把头发拉拽回原位。

I.2

　　斯卡尔拉特先生又一次站了起来,走向赫塔桌上的电话。卡尔门向小雏儿示意,让她帮她照看下桌上正烧着的咖啡壶。棕色头发的小雏儿看了看壶里的那圈黑咖啡,抬起了她那精致的小脸,显得有些难为情,又有些困惑地看着卡尔门阿姨,人们在背后给这位卡尔门阿姨起的外号是"我以前有这个,有那个,但我现在都丢了"。小雏儿就像是传闲话的从犯,被抓包了一样,没敢拒绝或是忽视她。无论她想或不想,她都答应了下来,她看着斯卡尔拉特先生走近了红头发赫塔的桌子,他又一次弯下腰打电话,还是像过去半个小时做了很多次的那样。糟糕!咖啡溢了出来,这个艺伎小雏儿,她的朋友都这么叫她,她涨红了脸,慌慌张张地不知所措,忘了要马上把咖啡壶拿下来。壶里的咖啡溢出了很多,流在电炉上嗞嗞冒响,到处都是咖啡渣。卡尔门,作为上司的她已经厌倦了下属的笨手笨脚,她生气地用手指了指,便转过身去,背向她。还好有维奥丽卡,她总是那么乐于助人,恰好她抽屉里有抹布,她拿着抹布飞快地靠了过来,擦干净了座椅边缘。最终,维奥丽卡把电炉的插座断开,咖啡壶凉了下来。

　　这意外事故所惊起的嘈杂声一点都没有打扰到斯卡尔拉特先生。他又重新拨出了同样的分机号,用他同前三次一样未果,冷静而严肃的声音说道:"喂,我是斯卡尔拉特……在吗?"显然,里面的回答和此前一样,小维克托摔下了听筒,没再说一句话。他大步走回了他的办公桌,没看任何人。而他的隔壁,伊娜,微笑着擦着眼镜。

　　斯卡尔拉特同志不太用电话。怪不得同事们都感到惊讶,这几天他坚持过来对着听筒问同样的问题，却每次都未果。这场景昨天也在上演，没有什么其他更多的细节。

当伊娜重新把她的大红框眼镜，戴在她那白嫩的鼻子上时，她看到了赫塔在冲着她眨眼睛，还偷偷地伸出了三根手指。没错，小维克托打了三次电话，跟昨天一样，跟前天也一样。三通电话，每次间隔都很短，一大清早就……然后，就没什么了，到此为止，当天他不会再来了。斯卡尔拉特先生又重新专注于他那一列列的数字，实话说，就好像新的一个早晨，就好像刚才那个愤怒与不耐烦的人不是他，心中的不悦很快就烟消云散。这也就意味着他会像先前一样：当天之内都不会再用电话了！小维克托从来都不像其他人一样，用单位的电话打给朋友，或是单位的某个同事，以便处理些什么当前的事项。他也不打给家里，问问妻子，或者问问丈母娘回家的路上有没有需要买的，哪怕是问问家里的电梯修得怎么样了。不管怎么说，总之就是正常人每天的琐事与烦恼而已，所有人都是这样的。但是，斯卡尔拉特同志就是不给任何人打电话，真是绝了！当然也没人在电话里找他……

每天早上三通电话的场景着实令人好奇：这位先生拨的可都是内线分机号！这也就是说接他电话的人就在这附近的楼里，就是我们的某个同事，单位里其他部门的某个同事，这里我们可谁都认识。除了我们这些可怜的、风趣的、健谈的、又香喷喷的同事，斯卡尔拉特同志谁都不认识，但他也不想去认识，我们一同度过这一年中总结的季节，收获与储藏的季节。

I.3

从46号楼的窗边向外望去，看到的是布加勒斯特慵懒的秋日……"也给我来根儿肯特[①]"，困倦的伊娜含混不清地说道。阳光突然照射在她的桌面，她不得不把眼镜拿到一旁，低下头又喝了杯底还剩下的一口咖啡。她精致的食指，涂着红指甲油，沿着咖啡杯画圈，这是她的一个小癖好……纤瘦的伊娜有时候会用这种方式让自己平静下来，可能，是为了消解一天的劳累，或是避免一些她早有预感将会发生的不快。她又低头看了看这黄色的咖啡杯，欣喜地笑了，柠檬黄的颜色确实令她的心情都变得明朗起来。她右手的食指在这深色咖啡杯上画着圈，她发现杯中还有一口咖啡。她无精打采地低下头，一饮而尽这能令她精神抖擞的饮料。她脖颈上香香的绒毛，还有那优美的曲线，这场景就好像来自古老的中国，雅致而细腻……

斯卡尔拉特先生恰好看到了这一幕，不好意思地低下了头，他那厚厚的眼镜片又贴近了他计算用的草稿纸上。

"我没有了，"维奥丽卡稍后回答道，"从一早到现在所有人都找我要……"

"我有。"旁边的小甜甜赫塔说道，她说话有点平翘舌不分，"大概一个小似前，有个人来换八百块钱的促蓄再券，就似他给的我。我根本都想不到。当我写他的名字和森份曾号的似候，嘿，他递给我一个包裹……他笑得可高兴了！嘴都从柜台咧到了大门。怎似个意外啊……就为了在促蓄所换点再券？我怎的似想不到啊！"

[①] 香烟品牌，英文"KENT"。

（大概一个小时前，有个人来换八百块钱的储蓄债券，就是他给的我。我根本都想不到。当我写他的名字和身份证号的时候，嘿，他递给我一个包裹……他笑得可高兴了！嘴都从柜台咧到了大门。真是个意外啊……就为了在储蓄所换点债券？我真的是想不到啊！）

事实上，小甜甜勉强地笑了，露出了她那颗镀了金的坏牙。她用手指夹着肯特，递给了她的同事，然而她的头却转向了另外一侧："你能不能关了那个破玩意儿，我都不知道你在听什么？"嗡嗡响的半导体收音机安静了下来，都不需要卡尔门女士再过来说什么。

伊娜整了整她金色的发髻，在椅子上坐直了。她点燃了香烟，用食指扶正了白净的东方小鼻子上方的红色粗框眼镜。她发起了呆，看起来什么都没注意。但她却无法将自己与各座位间的窃窃私语隔离开来。很不幸，她很快就能区分出她们，这是一种无法自控的反应。没错，就是控制不了，她的小天线、小雷达自动就竖了起来，让你都没办法去想些别的事情。

"我家的那位说他受不了了，他不想再听到这样的故事了，就离家出走了。他说自己想干吗就干吗，等我都解决了再回来……什么日历！你看，你都不会信的……不是永远都是准的。自从有了那两个小崽子之后，我可是严格按照日历的。我真的是要疯了，我要是再大了肚子，可千万别啊……再说了，偏方也不一定都好使。这个事儿真是让我不知所措啊，比其他所有的事儿都难。但检测结果却呈阴性！你想想，我还以为要再多个崽子。我现在还在等，我婆婆说她认识个……"啊，原来是那个天使小雏儿在说话，她的声音又粗又热辣。她这么瘦弱，怎么能有这样的嗓音……她要是不说话，根本就没人能发现她。一旦她说话超过三句，立马所有人都目瞪口呆地抬起头。可能那时人们会看她，看她是怎么比画的，看她是多么令人喜爱，看她是多么小心谨慎……奇怪，对，就是非常的奇怪。她让所有人都摸不着头脑。她不让别人追到她，但她也不拒绝。看啊，让人怎么想都行……

"去年巴努和同事们去收土豆的时候，带回来两大麻袋。他们什么都没有做，就在那里玩来着。那儿的人跟他们说，让他们也带点回家，真是见了鬼了……现在，刚好又叫他们去采摘，他却去服兵役了。我跟姨妈说过了，先给我们拿点。等到哪个周日，我们给车加满油去趟农村，否则的话就活不下去了。"

毛茸茸的维奥丽卡不紧不慢地说着，同时她还在飞快地写着东西，签着字。维奥丽卡工作起来非常快，比她们其他人都快，但她工作的同时还要喋喋不休地说着什么，该说的还有不该说的。她写东西，整理东西，签字盖章的速度都很快。就像她现在一样，嘟噜嘟噜地说着，直到赫塔站了起来，走向水槽再去接杯水喝……

"夏天的似候我就跟你缩了我有组涩的药。但你缩你不需要。我就给了一个女邻居。似个女工曾师，就组在我们一楼，还没结婚。她经常搜到各总各样的包裹，似她到加拿大的兄弟给寄来的。"（夏天的时候我就跟你说了我有注射的药。但你说你不需要。我就给了一个女邻居。是个女工程师，就住在我们一楼，还没结婚。她经常收到各种各样的包裹，是她到加拿大的兄弟给寄来的。）这是赫塔，她说话有一种柔和的感觉，柔和到让你听了都想睡觉。你立马就能分辨出是她，总之就是赫塔，不是维奥丽卡。赫塔听着猫咪一样的小雏儿，她说的每句话都间隔很长时间，还时不时抬起头来看看你，有些诧异、无奈的样子，反正你不会受得了的，能让人的骨髓和脉搏都酥软下来，这也就很容易理解那些可怜的男人们……

附近有一阵金属般的沙沙声，是卡尔门女士，肯定的！伊娜没有睁开眼睛，她也没必要去睁开眼睛确认。她知道接下来会是什么，她甚至都没有兴致准备一下……如果卡尔门女士开始精心地梳头，那么就意味着她想歇息一会儿。她用一把长长的铝制梳子，梳着一头浓密的、打结的黑发。很快她就会拉着她的椅子靠近伊娜的办公桌，像平时一样说道："哎，你怎么样啊？来自塞瓦斯托波尔①的伊努什卡（伊娜）。"然后她会轻抚着她的手继续说道："看你这多么美丽的手啊，多么美丽的眼睛啊，真是来自草原的小宝贝儿。"

卡尔门·彼得罗亚努同志，她们的上司，很明显，在所有的同事里面她最喜欢伊娜。她对待伊娜就像是假期到来时，对待访客的那种友谊，比如说，会告诉他们哪条街、哪个酒店的位置，或者博物馆在哪里，什么时候去商店试鞋比较好，为什么要去某个区的某个商店等。伊娜已经在这个国家待了很多年，在储蓄所也工作十多年了，在待人接物方面她可能要比卡尔门同志更为老练，但她仍被热情地款待着，被关切地呵护着……

不，她不想睁开眼睛，直到能闻到附近卡尔门同志硕大身躯的香味，能感觉到卡尔门坐在了她的右边，她依然不想睁开眼睛。

"你看，小雏儿，他们叫你去文艺队！饭后，让你去唱颂歌……我们可能会在电视上看到你。"这是卡尔门同志的声音。卡尔门把发卡归位放好，她站起来靠近伊娜·萨多娃，卡尔门是这么称呼伊娜的，但其实应该称呼她穆尔古莱茨。伊娜的前同事穆尔古

---

① 克里米亚半岛著名港口城市。

莱茨,某个大学的院长,副教授。"小雏儿现在已经够忙的了,还去唱什么颂歌。"赫塔嘟囔着抱怨道。

小雏儿一般不会立刻回答,然而最终她还是找到了摆脱这困境的办法……

的确,她感觉到,她附近的一个椅子挪动了,那女人硕大身躯的呼吸声靠近了。

伊娜又等了会儿,最终,她睁开了眼睛……"怎么了,伊努什卡,草原的小宝贝儿,你累了吗?"塞瓦斯托波尔的小宝贝儿,可能用了点时间,才辨别出上司厚厚红唇下面的那颗痦子。在她回答之前,她眨了两下眼睛:"我是有点累了,昨天晚上米莎的叔叔来了,还待了很长时间。他还给我带了珍珠耳凡(耳环),你们是这么说的对吧,非常漂亮,非常漂亮……"卡尔门觉得她可真的是秀色可餐,真想咬上那么一口。她高兴地点上了一根肯特,她把烟盒放在伊娜的桌子上,好让伊娜自取。彼得罗亚努同志可用不着拿那些人的好处,比如那些想要开特殊账户的储户,每个月15号排队挤着领退休金的退休人员,或者是幸运的、欣喜若狂的中了彩票大奖的人……当然,她也不会拒绝,如果有人给她包烟或者给她块进口香皂,或者女孩们从收到的东西里分给她什么的。当然了,也都不是什么贵重的东西,这里又不是诊所,也不是加油站。"你看苏店里的人也开似凑那总细藏的烟了,责意味责森么呢?他们也没有足够的苏了。"(你看书店里的人也开始抽那种细长的烟了,这意味着什么呢?他们也没有足够的书了。)小甜甜跟其他人说道。

彼得罗亚努同志对这些东西着实不怎么感兴趣。而糖果罐和点心盒之类的甚至会惹恼她。她可一点都受不了甜食!甜食会让她感到恶心,她拿到后立马就给她们分了,甚至连包装都不拆。真是一点儿都不做作，千真万确，她死都不会吃的。你可能会觉得诧异，那为什么她还是瘦不下来。事实上，她不会尝试，也没耐心去研究那些愚蠢的瘦身食谱。时尚？身材苗条？她是觉得这样很健康，但她根本就没有动力去开始那种烦琐的挑剔。她不喜欢甜食，这是真的，她不喜欢。她受不了甜食，这就是……

"算了，别再提你说的什么耳凡（耳环）了，小宝贝儿，我跟你说说靴子吧。今年谁都买不到，可能要让所有人都失望了，但我有可靠消息。要是你想的话，我从我们那个店给你拿货。800列伊①，意大利的，有鞋跟。我让贝贝把'香奈儿'也列在清单上，这个你应该喜欢。估计要带上100瓶，咱们俩留两瓶。"伊娜早已习惯了她那同样的、周期性的偏爱，她甚至都不用道谢。她乖乖地等着，就好像卡尔门让她等着一样，好兑现她的诺言。"你不用谢我，我给谁是因为我想给谁。"卡尔门女士简短地说道，"不是什么大不了的事儿，如果你还认识谁，从他那能买到什么东西的话……我跟他说了，难道另外一个世界也是这样的吗？喏，他现在去巴西了。而我跟个蠢货一样留在这里的窗口。但是他许诺了我去意大利度假，必须得去，他已经都安排了。"

卡尔门同志的丈夫职位好像不高也不低，但倒是很有用，能经常出差，有不少关系。彼得罗亚努夫人说话始终带着些许口音和语法错误，但她也始终都保持着礼貌，以便不忽视同事们众所周知的担忧。但她没有参与这种买卖，也不参与那些不合时宜的闲话。当然她也会听着，不刻意回避那些笑话和每天的不满与抱怨，也不去打断任何人，有时候她也参与其中，提供些信息或奇闻逸事，但她

---

① 罗马尼亚官方货币。

终究还是不偏不倚。她说:"我可不喜欢往我喝的汤里吐口水,我还要喝,还得咽呢,就是这样而已!"

卡尔门唯一秘密的报复,如果能这么说的话,恰恰就表现在流露出对伊娜的喜爱上。她反对她自己所受益的特权优待,虽然她也乐在其中,但还是有些看不上这些。伊娜这个可爱的同事,换句话说,她是个很乖巧的同事。然而却不知道为什么,能看得出来,领导们总是待她很冷淡。有可能因为她是外国人,也可能领导们有什么别的原因。卡尔门女士没有孩子,这倒是真的,但是伊娜也不年轻了。反正,她一点也不掩饰对伊娜的喜爱,在工作方面,她对萨多娃·穆尔古莱茨并没有偏袒,她对所有人都一视同仁,然而她在私人方面却给了她很多的关心。然而有意思的是,她们其实并不相互拜访,她们也不把各自的家庭介绍给对方,就像通常习惯的那样。她们甚至在周日都不相互打个电话!塞瓦斯托波尔的小宝贝儿也只在彼得罗亚努夫人生日时才有所表示。女同事们已经不觉得惊讶了,甚至也不去评论伊娜一直都送给上司这么贵重的礼物。虽然贵重,但这些礼物终究是比不上贝贝·彼得罗亚努同志的妻子在一年之中送给她的东西。贝贝·彼得罗亚努同志是位商务部机灵干练的公务员。"人嘛,也不一定都往高处走。谁知道我的贝贝以后会当个什么呢!至少现在还能用这些小东西来安慰安慰自己。"卡尔门可能还想说,"我,也就是我的朋友……"她又点着一根肯特,听到了小甜甜赫塔尖细的嗓音:"卡尔门同自,来接电话。"(卡尔门同志,来接电话。)

她虽然身躯庞大,却很敏捷,卡尔门·彼得罗亚努同志已经在电话旁了,向伊娜示意自己还会回来……

电话很快就打完了,她有些失望地向伊娜解释道:"领导叫我，但估计不会太久。"

斯卡尔拉特同志可能有些许吃惊，把目光从纸张中抬了起来。彼得罗亚努夫人离开了办公室以后，她突然站了起来走向电话。现在已经过了十二点，外面渐渐开始变得拥挤。小维克托又打了一次电话，这是第四次了！你瞧……斯卡尔拉特叔叔在刚刚送出惊喜之后又送出了惊喜。

"喂，我是斯卡尔拉特，他在吗？"这次他没有摔电话，而是小心翼翼地把听筒放回了叉簧。斯卡尔拉特叔叔真的有些生气了。他不声不响，百无聊赖地回到了他的办公桌。

可能很难明确地指出，在周四的讨论会上，那位过于年轻的主角在这几周内的初步讨论中，还有接下来即将开始的研究中，是否还能继续保持他的角色。我们无法确定，或者我们暂时还不能说，会议主题正在发展的方向与他的观点是密不可分的。

可能在一开始还相对难以察觉，而后来则变得比较明显了。他们所讨论的主题，更多是关于现在与过去的，而非跟这个机构名称所显现的那样是关于未来的。

不得不承认的是，在讨论方向上如此奇怪的变化，在一开始确实是由于这位青少年的干涉。而在最初，无用的推测与论证则和这些没什么紧密的联系，"高效的数据""人类的因素""构成的条件"或是"集体的自传"，以及"重要的交汇"，是可以属于它们的，当然了……同样，这些话语也可能来自别的讲演者或是由其他人所概括总结的。为什么倾向于让这个受邀的青年人提出一个如此重要的观点，而使得大家对所专注的路线产生了偏离。总体来说，他在所有讨论中显露出来的贡献，都是因为他的观点激发起了人们的兴趣，尤其是在一开始的时候，他那奇特的外表，而且他迅速地提出了令人始料未及的观点，是很具有说服力的。

谁，或是用什么方式，去推动这种未来学科的研究，确实没有那么的重要。没过几周，便能感受到与会者们的合作已经变得十分紧密。他们激烈地交换意见，并得出这样的结论，在我们还不知道谁能触碰到未来的时候，我们也就无法讨论未来。只有那时，我们才能知道大致的效果……而最终，可以通过我们的现在去了解未来，看过去是如何将我们变成了现在的样子。我们的反应，我们的设想，以及我们对未来模糊不清的憧憬，都限制了我们这个时代的可能性。在我们的生活中，或是在书本中，都应该摒弃默默无闻，在生活舞台的小幕前，舒适与否仅有一步之遥的距离。大家都同意这个观点，也由此，使得必要的个人贡献变得更加丰富多彩……

几周以来，大家都在尝试着减少术语的使用。会议大多都持续至深夜，听众们也都困惑于一些所提及的听起来没那么重要的寓言与比喻。还有心理测试、社会统计、刑事诉讼、个人履历表，有人建议，应该对这些材料进行分析。

从如此众多的讨论中，我们还可以回顾一下，在六月的一个夜晚所讨论的问题（"工作的乐趣与质量"），仅仅用了一个简短的故事，便描绘了这样一副场景，整个世界都陷入了一种放弃的症状，人们将其称作"厌烦症"。还提及了一系列不同的早早退休的人。精神疾病的发展很是普遍，各行各业的人都有可能患病：如吊车工，飞行员，马戏团的杂技演员。因为一些令人难以想到的，不可告人的原因，而过早退休的这种思想渐渐地渗透到政府机关、军队，最后连救护员自己都深受麻痹，在和平时期这可是毁灭性的灾难。突如其来的暴力事件很快就自我平息了，暴徒们一声不响地放弃了，但之后又会周期性地再次发生，新一轮的爆发，以及绝望的悖论，就像是暗燃与闷烧，表面上风平浪静，实则暗流涌动。弄虚作假的行为，价值的选择，性别压迫，眼界狭小，表里不一，数据失真，就像口号标语，就像激发因子……正如所讨论的一些主题，让人有着很强烈的不同想法。

9月26日星期四将在精神病院进行会议，主要是为了弄清楚，通过对病人们的观察，发现他们其实是非常有礼貌的，这很是令人怀疑健康与疾病之间的界限：疾病是一种更为深刻的形式，能够更为真切地感知现实的色彩！对于承担什么样的后果，则属于那些患病的人，而那些所谓健康的人更像是机械装置，自动运转，对任何事情都显得漠不关心，甚至有些恬不知耻？

在另一个晚上，还将讨论关于生活质量的问题，比如关于面包、鞋子、墨水、书籍、电影、公交车、宾馆、烟草、葡萄酒、香水。就是关于正常人的日子，普通人的日子。正如其他的一些题目，不一定是非常重要的，就好比体育，作为转移注意力的疗法，猜疑还有监视，开车时的争抢，还有他们的不满与操控。关于中午快餐食物的好坏，以及心理的作用，公共住房的问题，领导与打字员还有司机之间的关系……10月9日星期四，报告文章的标题是关于女职工的一天：《囚徒的幸福摘要》……

过于坚持细节，过度的前期准备，耽误了开头。院长同志也开始有所收紧，及时地叫停，并再次明确了会议的方向。

因此，他们将逐个分配到任务。将确认每项任务的步骤，工作的小组，以及集体聚集的讨论。

这样还可以看到，与会者们的选择并非偶然与意外。全体会议将会变得更加有趣，经由专业与整体的角度分析，这样才能得出综合的、概括性的见解。

II.1

1945年9月。一位戴着眼镜瘦弱的年轻人即将离开本省的这个小城市，他下定决心再也不要回家乡。他想加入外籍军团……

开往布加勒斯特的火车将在中午离开。儿子不让父母送他去火车站，也就是说，他妈当然是想去，但他爸在这个时间还得工作，没法有这样可笑的幻想。然而女人真的是被儿子那不可撼动的志愿给击垮了。她唯一的儿子，沉默寡言又顽固执拗，根本不听她的请求与悲鸣，甚至都不允许她去火车站送他，一点人之常情都没有……她再也看不到他了，她能从儿子简短的解释中听明白，儿子有时候倒是会愿意透露些，她的宝贝儿突然就想去那人迹罕至的地方。她不明白，为什么会这样，为什么她连痛苦都不能有所表现。当然了，可怜的女人。她也只有放弃并接受命运，事实上，对于她而言这都是上帝的意愿，上帝将一切都安排妥当了。

相比于祈求保佑你活更长时间，接受天命看似更为简单。在他离开的那天早上，离开的前几个小时，她发现这个小疯崽子，根本不带她精心准备的吃的。这个讨厌鬼还把给他准备好的衣服，都从箱子里抽了出来，还有包裹、领带、手套、拖鞋，都拿出来扔得远远的，这可都是他妈因为他长时间离开家，一点一点，悄悄准备好的。他只留了一条裤子，一件毛衣，两双袜子，一条毛巾，一件衬衫，两条秋裤和一顶贝雷帽。

年轻人简短地辞别了他妈。他让她保证不要哭闹，也不要去跟邻居哭诉这件到此为止的事。他保证会定期给她写信，可能不会很频繁，但一定会定期写。要让她相信，就像他自己也相信母亲不会乱说，也不会给任何人看他告诉她的消息。他迅速地拥抱了她，亲了亲她潮湿而稀少的头发，他可受不了这种场合的矫揉造作。

女人乖乖地待在窗边，看着这骨瘦如柴又近视的男孩永远地离去，却不知道他要去向何方。看着他小步快跑穿过长长的庭院，接着又把木门撞上了。她含辛茹苦养大的小王子就这样永远地消失了……她神情呆滞木然，想象着他爬上了火车，战后的车厢拥挤又肮脏。她看到他冷漠又恼怒地蜷缩在木凳的一角，没抬头看任何人。她还看到他，有一次在一个小破火车站，把票递给一个发育不良又傲慢的检票员，恰好他也刚刚上车。天渐渐黑了下来，她想起男孩患肺病的时候，从住院的地方逃跑了。还有一次，是很久之前了，这个又瘦又疯的半大小子，跟个小疯子似的从早跑到晚。她还想起带他去医生那儿看眼睛。

已经很晚了，男孩总有一天会回来的。黄昏下，空荡荡的房子。女人远离窗户，仍然蜷缩着。

厨房里，煤气灯、火柴、灯芯。房间里充满了微弱柔和的灯光。灯的旁边，是翻开的《圣经》。由此可见，他还是没拿这个！虽然她已经把它放进了箱子的最下面，然而他最终还是把它拿了出来扔这儿了，他都不想给她哪怕是那么一丁点儿的欣慰。哪怕他在路上扔了也好，虽然他肯定会这么做的，那也比扔在这儿好，这就像是对她的羞辱，好让她看看就连带上这个她都说服不了他。

这神圣的卷宗散发出老旧纸张的味道，她把它放回了原来的柜子里。一张照片从纸张里掉落在了地板上。

她呆呆地站在原地，好像没看到有几页也掉了，也没看到照片。她知道那是什么照片，但她已经没有力气去想这些了。照片上是她和男孩儿，她给他照片的时候他并没有拒绝。关于照片他什么都没说，你看他连个照片都不想拿，无话可说，真的是无话可说了，她无力地瘫倒在了椅子上，脑中一片空白。儿子临行前让她做的承诺简直毫无价值。黑暗从四面八方将她渐渐遮盖住了，煤气灯还在燃烧着，安静地摇曳着。

过了几个小时后，男人工作回来了，关于这件事他没开口说一个字。第二天，一切都恢复了，与往常一样，平静，索然无味。

III.1

科蒂格·瓦西里同志于1925年1月26日[①]出生于一个穷苦的家庭。后来，他在家乡的城市上了小学，再之后，他断断续续地完成了职业高中的学业。在放假期间，甚至是在校期间，他在当地干过装卸工，还在制砖厂干过活。上学的时候，他得以顺利地完成学业，没出现类似于留级之类的困难。只不过他补考过两次数学，还因对老师出言不逊，或是跟同学打架，被学校赶回家过几次。在高中的时候，他就显示出了好斗的性格，虽然他的身体健康状况让他在这方面并不占优势。他还证明了自己是个很好的组织者，他单独或是和其他同学一起，成功地反驳了老师们的观点，尤其是那些过于严肃的老师们。在高中的倒数第二年，或许是经历了什么神秘的危机，他中断了课程，在城中的一座教堂里藏身了好几个月。他在那里工作，充当服务人员的角色。对于他的行为，人们自然会有很多不同的看法，其中一个便是他父亲所提及的，他去教堂工作并不

[①] 1月26日，尼古拉·齐奥塞斯库的生日。

是因为他有多虔诚的信仰，而是要帮助家庭解决物质上的匮乏。事实证明，虽然他在市郊圣约翰教堂工作期间表现出了十分的热忱，就好像是个虔诚的教徒，但倘若他不继续在那里工作，做了什么跟信仰没什么关系的工作的话，比如去当个红灯区的守夜人、警卫什么的，那么他肯定也就不怎么去教堂了。

在科蒂格·瓦西里同志干过的这么多的工作中，当他还是高中生的时候，就给印刷工人帮过一次忙。一开始，在报刊《号角》的印刷厂，在夜里代替另外一个学徒工。他先待了几个月，接着是一整年，再之后他继续完成了学业，又回去工作了。他参与印刷厂的一些会议，在会议上会提出一些相应的工作要求。他还尝试着成为工人联合会的领导人，然而恰恰是在那段时间，他生病了，住了好几个月的医院。

在那之后，他被重新安排做印刷工人的帮手，试着让工人们和本地报刊《号角》的编辑们建立起联系。在这份报刊上，他还获得了一个专栏得以长期写作，并写了好几个月，出版了一期又一期。一开始，他用笔名"印刷工人"署名，再后来就用了自己的真名——科蒂格·瓦西里。

1944年，他被提拔为该报刊的助理校对员。他放弃了先前的专栏，开始时不时地写一些关于时政的文章，有时候甚至还写一些诗歌，但都署笔名。似乎就是从这个时期开始，他和高中的女同学瓦伦丁娜·费伦恰努建立起了联系，她是当地一位富有的林业工程师的女儿。

从政治角度上看，科蒂格·瓦西里同志年轻时就显露出了革命的倾向，虽然表现得不是很明显。在一段时间内他总是摇摆不定，很是极端，时而右倾时而左倾，时而再次右倾。随着国内政治局势的变化和他个人的成熟，科蒂格·瓦西里同志选择了一条真正革命的道路。1944年年底，他参加了当地进步党派的活动。也正是在这期间，瓦伦丁娜·费伦恰努同志不顾她那资产阶级家庭的反对，正式加入了罗马尼亚共产主义青年团。

1945年年初，科蒂格·瓦西里同志得到了他第一个有些实权的工作职务。他被赞誉为一个绝不妥协的工人，他起早贪黑地工作，从不逃避任何艰巨的任务。这段时间，他进行了频繁的活动，致力于将报刊《号角》与革命目标相统一。然而考虑到来自编辑部，甚至是来自印刷厂反动与守旧主义的因素，在一段期间内，针对近期所发生的大事，该报刊保持着政治上所谓的"中立"。在《政治主张》这一专栏，这份报刊为一些重要党派提供了一周两次的政论版面，虽然最终也成功发表过共产主义的思想，然而在这个城市，在这个县[①]，共产主义还鲜为人知，尤其是与那些"历史上著名的大党派"相比……

关于是否继续撰写《政治主张》这一专栏，科蒂格·瓦西里同志和一些领导同志们产生了意见分歧，因为只有他一个人坚持要继续这项工作。没什么人知道这件小事，大家也并不是很了解。分歧冲突最终由大家集体解决了，科蒂格·瓦西里同志也有参与其中。在接下来的几个月，科蒂格·瓦西里同志都认真地完成了这一专栏的工作，与此同时也完成了其他的任务。

没人知道为什么科蒂格同志离开了这个城市。没有任何证据显示，他是由于《政治主张》专栏的问题而离开的。好几个月都没有人知道他究竟在哪里。

---

① 县是罗马尼亚的一级行政区，相当于省级行政区。

在一段时间后，有了科蒂格·瓦西里同志的踪迹，他在康斯坦察港口当码头工。或许因为在一开始，他干不了码头工的活儿，之后他便在办公室工作了。在此期间，他继续写文章，发表在港口出版印刷的小报上，有时候他也发表一些诗歌，但全部都署笔名。他的文章带有一种"孤独的团结"，他所描写的正是海员与水手们，不带有任何政治色彩。他的文章可以说是不问政治，甚至有些天真幼稚。他的诗歌也在不断地呼吁，要斗争反对全世界的"蛮夷之人的礼貌"，反对"自命不凡的伪君子"。

从科蒂格同志在康斯坦察短暂的停留期间，便可以看出他的性格，以及他的工作能力。他是个沉默寡言的人，非常的准时，也绝不追求舒适，甚至有些蔑视舒适，除了维持生计，他没有什么太大的需求。他也不会出去喝酒，他衣着朴素，却很干净。他为人正直，却有些孤僻，很少与朋友们交往，他的同事们没那么喜欢他，但很尊重他。一些人甚至会感觉有点怕科蒂格同志，因为他的话很少。还有一些人这样说道："你永远都不会知道，他究竟是个什么样的人。"但所有人都不会把卑鄙、可耻的行为与科蒂格同志联系起来。

1946年6月，科蒂格同志来到了布加勒斯特。他在这里的第一个住所是布泽什蒂大街，门牌号是38A。他在首都电车公司工作了一个月，然后去了《正义报》的印刷厂，再之后，他在一个画报的编辑部当校对员。

1946年年底，他被安排为出版总社校对员，而后被安排为编辑，负责农业板块。这都得益于他的一位老同事，他们都曾在康斯坦察《海港报》工作过，而现在这位老同事已经在文艺总局担任要职。科蒂格同志满怀热情地完成所有托付给他的任务，他走访考察被反动思想所宣传蛊惑的农村地区。为了工作，他不惜一切努力，他很有纪律性，也很争强好胜。这段时间，他住在一位老妇人家的厨房里，在米哈伊大公大街27号，类似于集体宿舍的那种房子。从这位老妇人的邻居那儿得知，这位房客通常都是深夜才回家，而早上天不亮就出门了，有时几个星期都不回来。他没什么太多的衣服，行李箱里仅有一套换洗的。他就睡在厨房里的一张折叠床上，夜晚回来的时候打开，而在早上离开前收起。

他不和邻居们打招呼，跟这位老妇人也几乎不怎么多聊。他按时付房租，仅有一个月例外，那是1947年3月，他只想支付一半的房租，因为那个月他一天都没在这儿睡。但是这位老妇人的话也很是令人困惑，她无法记得她所讲的细节，因为她常常搞混淆她的访客，以及租客们不当的政治观点。

1947年11月，科蒂格·瓦西里同志因公差回到了家乡的城市。他拒绝和其他的同事们一起住在旅馆。他更想住在他那简朴的家中，他的家人甚至不知道关于他的消息。一个单独的房间里，住着卧病在床的父亲，他因为一次事故而截掉了左腿，还有他的母亲，他的侄女是个高中生，从农村来的。

在这里停留的时间，已经超过了原计划的四天。科蒂格同志也出现在该县的农村地区。就在他停留的这两周，当地对费伦恰努的家进行了搜查。工程师米哈伊·费伦恰努被逮捕了，将对他进行审查。瓦伦丁娜·费伦恰努同志也被叫了回来，此时的她正在雅西的医学院学习，瓦伦丁娜确认了对她父亲的指控，还坦白了家中的珠宝首饰都藏在了哪里。1948年1月，瓦伦丁娜·费伦恰努同志被调到了布加勒斯特的儿科医学院。而科蒂格同志被提拔成了出版总社负责农业板块的二把手。此时，他向组织汇报了希望与费伦恰努同志结婚的意愿，并详细地坦白了费伦恰努资产阶级的家庭出身和家庭教育，还有被关押着的老费伦恰努工程师，他反动腐朽的思想，傲慢的态度，还有他所显示出的土豪劣绅般的做派。科蒂格同志为了得到批准，还指出他未来妻子的表现很正直、很革命。他们两在1948年结了婚。

科蒂格·瓦西里同志十分活跃地继续进行着政治活动，现身于所有的号召，面对任何困难都不退缩。他写了大量指引革命方向的材料和激烈无情的文章，尤其是针对那些反对革命，或是针对继续前行怀有疑虑的人。他勇于献身的精神、警惕性，以及他正确的意识形态，受到了当局的大加赞赏，也因此让他与当局有了更紧密的联系，并在出版社创立了新的板块，社会主义新农业板块。在这期间，他坚定而勇敢的斗争精神受到了所有人的赞赏。他出版文章的声音也十分坚定，鼓舞人心、通俗易懂，能引起广大人民群众的兴趣。1948年年初，他的文章开始变得广为人知，还有他的名字，事实上是他的笔名，他出版第一首诗时用的笔名，这个名字在出版总社，一度成为重要的标志。自1948年以来，他最终采用了他首次发表在文学作品中使用的笔名。在他女儿多洛雷斯的出生证明上，也是用的这个名字，她于1949年4月23日出生。这时他们一家人住在一个配有家具的房间，在特兰西瓦尼亚大街25号。

II.2

女人在电话旁等了很长时间，她自己都不太清楚到底在等什么。接着，她迷茫地看向墙上的时钟，闪着磷光的指针跳动着，触碰着一个又一个的数字。时间在流逝，这是沉重的一天，关键的一晚。"我相信他是属于好的那一方，也就是说他是支持我的……不可能有其他的情况了,我们是老同志了,我们的交情很好。你得跟他说,你得说服他。我也不确定他究竟在想什么,万一……"然而这并不是这次的对话,而是昨天,前天……

现在,天色渐晚,漆黑而寒冷。宽阔的门厅走廊,奢华的装饰布置,好像看不到陷进皮沙发中的女人,她时不时抬起头看看墙上的表盘,她感到有些无能为力。她在皮沙发上打着瞌睡,电话就在扶手旁边,她在等着她的丈夫。再打给彼得鲁同志也没有什么用,直至昨天彼得鲁还是他们的朋友。

"彼得鲁同志不在家,彼得鲁同志不再有会议了,彼得鲁同志不住在这儿!这儿根本就没有彼得鲁同志!听着,没有!"然而这是昨天苏珊娜说的话……她歇斯底里地,抽噎着,不依不饶地说道。也就是说彼得鲁从昨天就全知道了,可能,他都不在家,也不在这个城市,甚至都不在这个世界上了……然而这是昨天,在判决之前。现在已经是晚上了,今天的会议可能已经结束了。夜里一两点,漆黑而又冷漠的城市出奇的安静,能听得到老鼠的簌簌声和风的呼啸声。

"在这个事情上我没有什么个人问题,这不是在讨论人,而是在讨论原则。情感是没有必要的,解释与后悔也都是没有必要的。这是我们坚定的原则和底线,这就是全部。"这是在早上,在浴室门前。她丈夫的面部因困倦与惊吓变得有些扭曲,这个不屈不挠的老怪物,穿着长长的裤衩,蓬乱的头发,空洞的眼神。

现在已经是深夜了,闪着磷光的指针指向了两点多。在门厅,在左边的壁橱里有一盏烛灯。烛光只能照亮周围一小片椭圆形的空间,长长的影子在房间远处的角落摇曳着。

女人在房间中徘徊,躲避地穿过沙发和长长的花瓶……她还穿过摆放在宽大的办公桌右边的象牙及铜质的雕塑。她继续向前,从门厅走向卧室的门,什么也看不见。

"领导同志,单位找您,评估会的事情。部里、机场、大学,波亚纳-察普卢伊①疗养站,外文出版社负责预订服务的都有打来电话。"然而这是在中午,在午后,大约是四点。"我现在不想弹钢琴,你看,我不想,我根本就没打算要弹钢琴。Sorry②,我去打篮球了。Bye-bye③。"这是他的女儿,大约是在五六点……然后是秘书,还有省里来的电话,还有她对女婿如平日里一样的抱怨与咒骂。

然而她听到了外面有刹车的声音,现在是凌晨三点左右,已经过了三点。她让自己清醒了一下,大步走向卧室。不,还是去孩子的房间更好。在那里没人来找她,那儿更好,没人找她。她现在不能听,也不想听。明天再说吧,现在最好都忘了,就好像没人来,什么也都没发生,都忘掉吧。她深深地瘫倒在柔软的沙发里。这样更好,穿着衣服,懒散地靠在沙发上,这样,就这样,没人来叫醒她。

在周四下午讨论最为激烈的时候,不知道是谁,应该也不是什么重要的人,好似抛砖引玉地提出了这样一个话题:他们讨论了炼狱与地狱,当然,也就是关于但丁的。好像除了但丁,他们就没有什么别的办法去判断这个观点似的……

事实上,这样一个如此不同寻常的想法,在今天还是有很多信徒的,更何况那些饱读科学技术与计算之书的人,而与此相比,有

---

① Poiana Țapului,察普卢伊林间空地,罗马尼亚旅游胜地。
② 英语:"抱歉"。
③ 英语:"再见"。

的人则显得没那么重要，他们将整件事情与一种自传结构的分析联系在一起。他们希望扩大讨论的观点，而最终把所有的评论，都汇总为一个单独的观点：炼狱与地狱的同一性。而关于天堂呢，当然了，暂时不去讨论是还比较明智的。

还有人会提到，将要发生的各种各样的事情，都可以总结为人在炼狱中的存在，这一切最终都混杂在了一起，即便是细节也无法在原有混乱低矮的高度上，再为其增添一分。企盼、哭泣、伪造。其本身就是含糊不清的条件，是一种不清不楚的演变，有着一种"永远在开端"的感觉，它将会拒绝突出，拒绝明确的界限。这种糨糊般的混杂多半不会成为悲剧，它只会用叙事去做徒劳的消耗，以减少些不那么重要的永恒。笨拙的忍受，忧虑的企盼，都变得平庸，阉割了个性，然而叙事，恰恰就是叙事，你听啊！仅仅是冷漠而毫无生气的平庸。因此，任何对"潜在精神"的表达都将不复存在。尽管如此，还是会听到与此相关的声音：当然不可能是悲剧，因为它自有其所描绘的表现力……到这里，距离拥护魔鬼仅剩一步之遥，这也就意味着平庸（魔鬼就意味着平庸！饱含激情的雄辩家们会这样高声叫喊道），而事实上它掌管着炼狱中的一切。天堂将是一个充满假象的逍遥乐园，完全避实就虚，是一种刺眼的卡巴莱①，但其中却隐藏着真理，隐藏着规模无与伦比的行动，在其真正所属的地方，在炼狱之中。

还有观点将会这么说，来自地狱的传记即便囊括了数不清的，蔚为壮观的大事件，最终也只能提供普通的、单调乏味的系列言语。极其的相似，粗鄙、夸张。夸张的荒唐、暴烈、廉价而毫无价

---

① 一种歌厅式音乐剧，通过歌曲与观众分享故事或感受，演绎方式简单直接。

值，令人眩晕而刺耳的话语。机械化的、低级的产物，野兽般的欢乐消耗着狞笑、血液，以及闪耀的玻璃。自动的活报剧①舞台，当你投入硬币后，便自动开始了切剁与粉碎，再之后，也就开始了恐怖的装运。

最后，争吵可能变为了笑谈，也因此激发出了这样的建议，每位与会者都要写自己的传记，两个月的时间，不需要很多，打字的几页纸即可。真实的或是虚构的，甚至可以是床的传记，或是一支钢笔的，乃至所喜爱的一条领带的，甚至还可以是概括性的履历，可以是亲戚的，某个东西的，甚至是梦到的。叙事体的文章，综合了几个独立的故事，要么是有联系的，要么是汇合在一起的，各有各的样子，都将会被朗读、被讨论，基于他们所说好的，关于炼狱与地狱的观点。

"我们讨论关于未来的，也就是关于不存在的东西。无论如何，就是不存在的。因此，那是天堂。也因此，目前关于炼狱与地狱的文献材料是必不可少的。"这将是结束的话语。

某个满怀激情、搅局的闯入者所说的话语，在接下来几周的夜晚，总是回响在耳畔。因无法写出简明清晰的自传而忧伤懊恼，因缺乏想象力而羞愧，某个梦境，或是某条帮他提起裤子的背带。过于严格认真，而不去借某个姨妈，或是某个堂兄弟的履历。也只能知道些，看得见摸得着的，也就是平庸的、微不足道的东西。不知疲倦地跑来跑去，张开双眼与双耳，或许有可能找到什么合适的，可以考虑的。关于每一个觉得新发生的琐碎事，他自始至终都在记着笔记，对于一天来说，这是个很好的开始，然而一旦重新评价此

---

①以应时性、时事性为特征的戏剧类型。

事,则很快就会让他失望……接下来,那个青年人在他大放光彩之后,消失了一段时间。

I.4

差不多中午时,有位职员突然大哭了起来,所有的同事都挪动椅子靠近了窗边。"天啊,我姨妈的心脏病犯了!她窜不过气来。我叫了两个小似的救护策还似不行,缩似没油了,他们用完了今天的配额!她老人家可有哮窜,就要死在那儿了啊。"(天啊,我姨妈的心脏病犯了!她喘不过气来。我叫了两个小时的救护车还是不行,说是没油了,他们用完了今天的配额!她老人家可有哮喘,就要死在那儿了啊。)

赫塔踱来踱去,到处号啕地喊着,同事们很理解地在听着。贿赂、给小费、拉关系走后门,还有投机倒把。当然了……图钉没有了?来包肯特就有了!牙签没有了?还是肯特!你看看,连要个牙签都得拿肯特来换……所有人都跟你眨么眼儿,说一套,做一套。这就是个耍滑头的时代,不管是谁,什么都能替你收,也什么都能给你带,什么东西都能给你找到。各种看大门的,当然了!还有医院的,护士、医生,全都是。当然,安装工人、医生、司机,还有服务员,都多多少少有那么点儿权力……表面上倒是都光鲜亮丽的,其实里面都烂到根儿了。你看他,他不说话,所有人都不说话,但他们什么都知道,他们就是不说话。就重复着他们那愚蠢的行为,然后联系这个联系那个说需要给什么什么东西。也就只有我们还这么的傻,拿着死工资,排队,还生着病,还得一直废话个不停……

她们放任她讲下去,赫塔很是愤怒。她们也知道,赫塔很关心这个从小就带她的姨妈。

他们每个人都这样,能尽快捞点什么就捞点什么,因为谁也不知道明天会是什么样……你看到了吧?他们都结盟了!各种小集团,小圈子里的骗子、二流子、滑头、社会的渣滓。天下的乌鸦一般黑,反正他们都是一个样。

小甜甜极其愤怒,脸红得跟棵甜菜似的。她挥舞着胖乎乎的小手,她的屁股也好像因为她的愤怒而变得有些下垂。

"你再打个电话试试。"小雏儿嘟囔道。

"要不你去趟吧。"穆尔古莱茨也这样建议。

"哎,你要是想去的话,我准你假。"卡尔门夫人同意了这个建议。

然而小甜甜无动于衷!"我去干森么啊,我能去哪啊,我能干森么啊?"(我去干什么啊,我能去哪儿啊,我能干什么啊?)

"你叫个出租车,带她去急诊啊。"彼得罗亚努同志回答道。

"去急怎!然后得让我在门口等四个小似,要么跟我缩谁谁没来,要么似谁谁走了,要么他们就要求你带病历本,我都资道他们会这样。"(去急诊!然后得让我在门口等四个小时,要么跟我说谁谁没来,要么是谁谁走了,要么他们就要求你带病历本,我都知道他们会这样。)赫塔打消了这个建议。

无论如何,同事们都是十分理解的。维奥丽卡也理解了,因为她没有说话。她飞快地写着,签着字,盖着章。她整理着材料、账户,做着清算,然而她却保持沉默,就是那个让她坐电椅都停不下来废话的维奥丽卡……她闭口不言,看她一声不响,你可能都想象不到,但这确实真真切切地发生了……同事们也都低下了头忙自己的工作,但能感觉到周围都被这件事所笼罩着。

维奥丽卡有个医生亲戚,给彼得罗亚努同志、小雏儿,还有伊娜都看过病。当然给赫塔也看过,不过是在维奥丽卡对她做有关头巾的事之前,以及小甜甜报复维奥丽卡之前。人生气的时候吧,也确实!没有办法,你控制不了自己!小甜甜向卡尔门同志泄露了这位被戴了绿帽子的妻子托付给她的秘密。然后伊努什卡也就知道了这位领导沃伊奇勒同志,维奥丽卡的丈夫,每个周末都会在省内出差。最后直到小雏儿也听到了关于这件事最有意思的部分。小雏儿可不会说,她的嘴很严实,她倒是更愿意有你的把柄在她手中,但是她却大笑起来。如此的明显!那是无比嘲讽的笑!

显然维奥丽卡发现了,她当然发现了。只有出现"这种事儿"的时候她才会这么笑,她的声音像是沸腾、燃烧了一般,让所有人都感到困惑并扭过来头,恰巧看到了她那眼神,哦嗬,就是那种眼神……怎么能不乐呢,真的!怎么能忍得住呢……所以,是维奥丽卡的丈夫,这位领导同志要出差,带上了箱子和一些必需品:到一楼的女邻居那儿出差!出差期间他都把自己关在那里,他带着所有的行李、吃的、留声机、各式各样的小被子,当然还有卿卿我我……

"我出去倒下垃圾。"一天晚上,他的情妇科拉利娅说道。

"等等,太冷了,我去。"他打断她,倒是十分殷勤,还颇有绅士风范。

"哎,你怎么能去呢?"这个贱女人吃惊地说。

"这么晚了,没有人会看到我的。"这个卑鄙的人坚持着,说着便拿起了垃圾桶。他踮着脚尖,走了出去。外面静悄悄的,他没有发现敌人。这个穿着睡衣拖鞋的"炮手"相当快地溜到了倒垃圾的地方，掀开盖子，把垃圾桶一倒。完美，完事了！他拿着垃圾桶，走进了电梯，按了楼层，电梯爬上了……四层，就是他住的地方！房间就在电梯旁，他顺手按了门铃，这个蠢货！就跟平日里一样，他回家了！这就是当晚的情景：通奸的地方是一层，而婚姻的地方是四层。你怎么就能给忘了呢？你刚好就没多想。这个蠢货穿着睡衣，手里拿着垃圾桶，突然就面对面站在了我们的同事，维奥丽卡的面前！他自己的老婆！你不笑，你怎么能不笑呢……即使是这个平日里假正经的小雏儿，当然了！她怎么能不笑呢，而维奥丽卡又怎么能原谅拿她当笑柄的人呢……

当小甜甜发现一味地抱怨完全行不通，维奥丽卡没有丝毫的反应，她便开始大哭起来。她倒是想把哭当作最后的武器，但令她懊恼的是，即便是这样也不起作用，维奥丽卡依然不作任何反应。维奥丽卡真的是一句话都不说，根本不去听她的哭诉，这个过去无话不谈的密友知己，现在已经变成了赫塔·穆舒罗伊同事，维奥丽卡现在不想对她表现出任何的关心。

当斯卡尔拉特同志从领导那里回来的时候，她们全都聚集在赫塔的身边，甚至都没有发现他。自从十月以来，每周大概两次，小维克托叔叔都会被领导叫去。他没说具体是什么原因。连所长的秘书，皮亚同志也不知道为什么，要是她知道了的话，大家就都知道了。自从九月以来，他也开始和其他同事一样，时不时地用用单位的电话。而在此之前，他甚至都不往家里打个电话，当然也没人找他。再之后，他便开始去领导那儿，再从领导那儿回来，鬼知道他去那儿干什么……

这次，维克托·斯卡尔拉特同志没有像平日一样直接埋头工作。而是看着号丧的人群，他可能在看，也可能没在看，无从而知。他也可能在想些什么别的无人能企及的事情。在他那灰暗、厚重，又高度数的眼镜片下面，真是无法猜测他到底在看哪里。他似乎是看着那群人在那哩哩啰啰，这时小雏儿走近了他的办公桌，弯下了腰，她那麝香与颠茄的香水味环绕着斯卡尔拉特……

小雏儿从来都没有这样过，平时她都不怎么离开座位的。她窥视着、观察着、守望着，未曾想要主动出击。而她现在既然包围了小维克托叔叔，也就意味着她已经考虑好了其中的动机，有多少把握，以及结果如何……

没过多长时间，是的，时间根本不长。斯卡尔拉特同志便从他的座位上站了起来。他用卡尔门同志桌上的电话拨了号，说了寥寥几句……他没有露出丝毫的羞怯，当他面对小雏儿莫加时，面对她的小嘴，小眉毛和小颤音时。小雏儿有些不好意思地回到了令她心安的座位。她的脸既没有发红，也没有发白，她说话也没有变得结结巴巴。

人们围在穆舒罗伊同志的身旁，确实有些喧闹。所有人都在嘟嘟囔囔，试着让她放宽心。46号储蓄所，今天没那么多人，此时外面还下着雨，天气也不太好。听得到斯卡尔拉特同志的声音，他平日里说话惜字如金，他也只有在这种特殊情况下才会用电话。他一开口，所有人的耳朵都竖了起来，虽然她们的嗡嗡声一直持续着。他刚开口时，所有人就都注意到了，当他讲了一两句话时，大家都安静了下来，当他讲到第三句话时，就有人开始转过椅子来。因此……不必多言，原来如此！

原来斯卡尔拉特同志有个当护士或是当会计的妻子，也可能是某个医院的医生或者电话员，斯卡尔拉特夫人有个闺密，"你的老同学"，斯卡尔拉特同志是这样称呼布雷坦医生同志的。在急诊医院工作的她，可能之后将会接收我们穆舒罗伊同志的姨妈，伯尔布列斯库同志。她姨妈严重的哮喘已经发作好几个小时了，46号储蓄所内飘荡着一股绝望……"对，对，也就是说直接去医院。好嘞，就提你，好嘞。" 斯卡尔拉特同志这就完成了这项奇迹，小雏儿莫加露不出一丁点儿笑容，还有我们的彼得罗亚努、穆尔古莱茨还有沃伊奇勒同志，以及穆舒罗伊同志本人，一个个都是目瞪口呆，无比的惊讶。

也就是说……您有，也就是说您老婆有……但是可爱的小小雏儿不多言语，解决事情雷厉风行……这个小甜心在别人有需要帮助时，她随时准备着，当然也常有人需要帮助。我们常常忘记我们小雏儿同志的能力，但她时刻慷慨地准备着，让我们重新想起她。包括你，总是粗心大意的小甜甜，还有你，辛辣的维奥丽卡，永远都是牢骚与毒舌，当然还有您，卡尔门同志，大夫人，自从"小风镐"贝贝找着个能投机倒把的职位以来，什么事儿对您来说都不痛不痒。

就在赫塔·穆舒罗伊飞快地冲出门外之后不久，她们便聚集了过来，围在了这"救星"的周围……他尝试着让大家不要在意，却丝毫不起作用，她们可不会轻易放过他。争先恐后地对他进行着发问与感谢，正如她们一直以来所想，万一能把他也改造成与她们无异的"共犯"呢，但他却稍显孤僻，坚持地拒绝。她们却有着强烈的意愿，没有给他留任何喘息的时间，便直接将他围住，让他根本无法逃脱，他也不得不听着她们的故事、她们的烦恼、她们关于某部电影的看法，还有孩子或政治的话题，或者是关于熬汤的，关于美国、关于时尚、关于避孕套、关于星座的，或者是关于洗衣机的话题。是的，他没办法逃脱，至少这次他没办法脱身！从情感上讲，他像是抛了锚，明天来一个，后天又来一个，有如入侵一般，围住他净问些私人的问题，要么就是对他歇斯底里地发作一通，要么就是对他讲上几句她们所喜欢的名人名言。直到让他心软，让他身心俱疲，好让他也说些什么，让他说些关于他兄弟的，关于他女儿，关于他妈，以及关于他从小就认识的所长同志的事儿。就这样，慢慢地，她们倒是不慌不忙、圆滑世故、拐弯抹角，便得知了他总去领导那儿是怎么回事，去那儿干什么。自从九月以来他便常常打电话，当他开始他那奇怪对话的时候，她们就明显感觉出来这不太对劲儿。"来了吗？没来。"摔电话。"来了吗？没来。我是斯卡尔拉特同志。"又摔电话……

目前，斯卡尔拉特同志坚持得挺好。他和她们说得很少，这些叽叽喳喳的"侵略者"始终在他办公桌的周围，或者她们就聊她们自己的，但显然是聊给他看的，一个接着一个，聊关于生活，关于人民的事。斯卡尔拉特同志倒也不生气，也不像平时蜷缩在自己的材料里。他听着她们，还不时还以微笑，动动身子，擦擦眼镜，或是擤擤鼻子，再整整领带。他和蔼地、漫不经心地、礼貌地听着她们七嘴八舌地讨论。透过那火热的、涂满口红的嘴唇，她们讲述着今天都发生了什么，颇有节奏，听起来就好似流水的淙淙声，又像是一针一线地在做活。

这一天临近了它柔软的、昏黄的边缘，天空变得松弛、慵懒，好像就要滚落下去。

自从小甜甜走了之后，两个小时已经飞快而过，她们也换了话题。但她们始终都轮换着在斯卡尔拉特同志的身旁。

但这些"女主角"中，甚至没有一个，哪怕用眼角的余光去看下那个毅然挺身而出的人。她们温和又有爱心的同事小雏儿，一如既往地守口如瓶,她不太爱凑热闹,因此没有太在意由她所引发的喧闹。

III.2

无论当局是左倾还是右倾,科蒂格同志都保持着坚定的、革命的态度与原则,绝不妥协让步。从这段时间的会议可以看出,针对那些对党所规划路线的正确性抱有怀疑与犹豫的人,或是针对那些可能直至昨天还是革命精神与牺牲精神的模范,而面对当前严重的偏离却保持着包容纵容的态度,成了分裂分子和阴谋分子的人,他都坚决地予以反对。他不知疲倦地开展运动,以反对绥靖主义、自由主义,以及纵容有缺点的、娇生惯养的小资产阶级的发展趋势。他对反动观点的口诛笔伐毫不留情,甚至对待曾经的老朋友也都毫不手软,揭露他们犹豫不决的过去,揭露他们腐朽外来思想的根源。

他被提拔为出版总社负责工业板块的领导。从组织结构和意识形态上看,他很快就成了骨干,与相关的部长们也建立了长期的联系,还有工业单位的大领导们,以及负责计划与统计的机关单位,甚至还有政治局的成员。他需要将政治局的决策落到实处,同时还要向政治局汇报当前的情况。他工作起来坚韧而无私,从早上7点到晚上10点,有时甚至工作到深夜。这段时间里,他十分的准时,充满活力,有着无人能比的忠诚与献身精神,还有极强的原则性,总是能圆满地完成任务,他对下属的工作质量要求也极为严苛。每一天,他好像把所有人都视为可征募的士兵,就像是要参加一项军事行动一样。在他手下,所有人对既定目标的偏离都是严重的,都会被抓典型惩罚。同事们甚至有些怕他,却都钦佩他的牺牲与忘我精神，对工作充满干劲儿，正直而坚定。他们都谑称他为"长官"，同事们给他起这个外号，并非因为他对待上级指令生搬硬套（因为众所周知，科蒂格同志的政治素养极高，他还在不断地学习并提升自己），而是他传达命令与训斥时，总是十分严肃的，可能他自己都没能意识到，他那嘶哑而尖锐的喊叫声。

除了在报社的工作，在相关的机关机构，他扮演着指导与顾问的角色。作为宣传员，他常在评议会与教育会上发表讲话。他还参与教学工作，讲授关于时政的课程。

而瓦伦丁娜·科蒂格同志，在首都的一所卫生单位，领导着工作。与此同时，她还有身兼着很多委员会的职务，她一直都能很好地完成委派给她的任务。

在这段时间，他们经常出差，作为官方代表团的成员，他们经常到访国外，参加代表大会，进行经验交流或是友好访问。

在1959年，党内进行了一系列的整改与清洗运动，瓦伦丁娜·费伦恰努同志由于不良的社会出身，也位列其中，家庭出身给她所带来的影响，在她整个的工作活动中被发掘了出来。在党的整风大会上，费伦恰努医生没能给出令人满意的解释，关于她为什么多年来一直和她的母亲住在一起。她的母亲正是那位反动分子，对我们所取得的成就编造并传播谣言的工程师费伦恰努的妻子。尤其是，为什么她要将自己唯一的女儿托付给她的母亲教育。多洛雷斯那时刚好10岁，是一所重点学校的先进少先队员，正需要与代表着旧社会的堕落分子划清界限。瓦伦丁娜·费伦恰努医生也没有给出明确的回答，关于她是否知道，母亲曾给犯人米哈伊·费伦恰努邮寄包裹，还有她是否读过罗迪卡·费伦恰努给"被告人"写的明信片。除此以外，这位前领导费伦恰努没法给出合理的解释，关于在罗迪卡·费伦恰努重病期间，她私自让她的母亲住了两个月的特殊病房，而事实上她的母亲并没有这个权利。

1959年10月，组织也讨论了出版总社工业板块前负责人的问题。科蒂格·瓦西里同志被降为更低的编辑职位，受到了同志们一致的谴责，由于他对待同事们滥用职权的态度，他的宗派主义、独裁主义以及个人主义，同时还有家庭环境对他的不良影响，从他对待下属蔑视的态度，还有他独断专行时所显示出的土豪劣绅般的傲慢，他听不得一点抱怨与反对，就像军队里的旧军阀一样。借此机会，他们还宣读了一封推荐信，是由当时重要的文化活动家斯塔玛特所写，正是他在1946年安排了科蒂格同志到中央报社工作。从这位被称为杰奥·斯塔玛特的调查报告中可以看出，他不过是个康斯坦察的二流记者，在港口是出了名的投机倒把之人。他是个狡猾的冒名顶替的骗子，恶毒的蛊惑人心的坏分子，他欺骗组织多年，一度被提拔至很高的重要职务，直至揭开他过去丑陋的面具，发现他不过是旧阶级势力的走狗。

1959年12月至1960年2月，科蒂格同志因为肺病的原因，在疗养院住院治疗。1960年4月他被调到了保卫和平委员会，主管财务部门。他履行自己的职责，此后便没再听到过对他的抱怨与不满。1960年10月，他被提拔为国家保卫和平委员会下属出版刊物的副主编。从他在新工作岗位上的表现上看，他依旧同以前一样，勤奋努力，十分守时。他仅与同事们保持着严格的工作关系，他不喝酒，很有原则性、很严肃。需要加班加点时，他丝毫不会犹豫，有时候工作直至深夜。为了让刊物更受欢迎，他常常提出建议。他尝试着不再让组织听到他的声音，保持着低调的姿态，就好像从未在中央高层工作过一样。

从1960年开始，科蒂格·瓦西里同志为了完成学业，在经济学院进行了相关课程的学习。他正常通过所有的考试，中等分数。他学位证书上的名字与他其他的文件上一样，是改过的名字，维克托·斯卡尔拉特，他最开始发表文章时用的笔名。

在1963年，科蒂格·瓦西里同志出席了他母亲的葬礼，在家乡的城市他见到了加拿大国籍的约翰·拉马先生，他于1936年离开的罗马尼亚，是斯马兰达·科蒂格的兄弟，科蒂格同志表示，直到那时他都不认识这位舅舅，这也就是为什么他从来没有在个人档案里提起过他。但可以确定的是，从1965年开始，科蒂格同志，尤其是他的妻子瓦伦丁娜·费伦恰努，虽然间隔时间很长，却始终与这位多伦多的约翰·拉马保持着通信。同样，1966年以来，瓦伦丁娜·费伦恰努通过书信，重新与马留斯·费伦恰努一家建立了联系，他们是1945年离开的祖国，定居在意大利米兰。

1964年，科蒂格·瓦西里同志正式向组织申请，恢复他出版总社的原职，他曾经工作过的工业板块或是农业板块。他没有得到答复，便继续在保卫和平委员会的杂志社工作。当该出版社裁撤人员时，他调离了副主编的职位，负责公共关系。而当该刊物彻底停刊后，科蒂格·瓦西里同志被安排到了外交部。1971年，他放弃了这个工作岗位，因为工作的性质不容许他与国外的家人有联系。同时，他的女儿多洛雷斯·斯卡尔拉特，因为一次去土耳其的游览，被国外美好生活的幻景所吸引，最终选择了定居在了比利时。

在彼得鲁同志的推荐下，科蒂格·瓦西里同志在一所东正教刊物出版社得到一份工作，或是天主教的，具体是什么也不是很清楚。彼得鲁是他在党偏离正确路线期间结识的，目前已经平反，在宗教管理部门任职。很快，他在那里被提拔到了礼宾处。直到1973

年，科蒂格·瓦西里依然认真对待工作，颇受赞赏。除了在礼宾处的工作职责以外，科蒂格·瓦西里还不时作为大主教或是红衣主教的参谋，协助他们解决对于这些神职人员来说显然十分困难的政治问题，毕竟在这方面科蒂格·瓦西里已经有了长期的经验。

II.3

这位年轻女孩躺在镜子前的摇椅上很长时间了，然而她并没有看到镜中的自己。她躺在红色的摇椅上，心不在焉地摇了几个小时，这足以说明她确实需要些宁静，需要完全地集中注意力。她更有可能放弃……连续几个星期的早晨，她都通过一种完全独特的方式去获得这宁静与隔绝，她保持着现状，对一切嘈杂与喧闹都显得无动于衷：收音机里广播员的声音，磁带机中狂躁的音乐，还有不断响起的电话铃声……

她没有去中断这些噪声，就好像她什么都听不见。她时不时地尝试继续写放在双腿上的信，然而却不知该写些什么，或是恍然忘记了刚刚想好要写的话。

春日绚丽的清晨被隔离在远处。上了锁的窗户和厚重的窗帘，阻隔了这新一季节的新鲜空气。

她穿着牛仔裤，腰部以上都裸露着，光着脚，伸直了腿搭放在大书桌上，勾勒出了一幅无忧无虑青春少女的画面。看起来这是一位会多国语言，爱运动又有些玩世不恭的小姐，长得也还不错。她留着男孩一样的短发，大眼睛，长睫毛，还有点黑眼圈。她还有着一对成熟的胸部，这毋庸置疑，就像她的身体一样紧实。一位害羞的小姐，她的父母是这么形容她的，她的老师们也说，这是理工学院一位杰出的学生,她的同学们说她又酷又搞笑。

录音机里播放着雷·查尔斯,收音机里放着儿童戏剧,还有索林打来的电话。肯定是他,电话铃突然响起,已经连续响了好几个小时,他每个早晨都打来电话。然而,不还是为了知道他想知道的事情,可最终他都不愿亲自来一趟。她在给索林写着信,每天就写几行,她想要他明白这个小故事,就是当她找到那封信的时候,是怎么回事,还有为什么……不仅仅要解释她在过去这两周的缺席与沉默,她还想告诉他,在他们分开的时候,她发现了所隐藏的动机,就在某处,在美好童年的时候,可以肯定地说,是她比其他人更为享受的童年。在这种事情上你也不会清楚地知道究竟是什么,是怎么样的,或是何时就可能跟你有关,这也就是冒进主义的年轻人所坚持的胜利。尽管如此,却想要知道其中的缘由,想要知道最初那朦胧的冲动,扑朔迷离的,或是矛盾对立的。她的坚持确认了这个先进学生的优点,她能将理论与应用完美结合,不是吗?

她无法快速地汇集脑中的词汇,她一天也才写个一两行,然而最终她还是写出了两页纸。她没什么热情地,不断地读着这写好的两页。

"当我还是中学生的时候,我受益于父亲同志给我带来的便利。也因此见到了娇弱的伊冯娜,她是我的同学,来自瑞士,她来我家和我们一起度过假期。我要跟你怎么说呢,我当时又羞怯又羡慕,我把她看作散发着金光的仙女。她浑身都散发出魅力,又是那么的快乐。还有她的衣服,当然了,还有她放荡的小秘密,在那个年纪是多么的重要。她没有阻碍、没有担忧,也没有疑虑,她知道自己要做什么,要去哪里,她对自己,对一切事物都非常有信心。直到我明白了,她其实是个蠢货,索林啊。她也并不蠢,但还是我更聪明、更漂亮、更有文化。我很害羞,有很多顾虑。我没法反对她,没法与她对比,就是这样……我很客观地说,如果20年后我们再见面的话,情况也依然不会有好转。反而,她的装模作样还是能够压倒我。我知道她的衣服,她用的护肤品,她去旅游的地方,还有她那强势的'性格'。她对自己的所作所为十分地坚定,'每个人都有他们自己的事情,有他们自己的道理。'她的每个动作都好像在这么说。我想了很久,然而那时父亲同志根本就不会听我说完这些。"

这段话只填满了第一页纸,这位女作家也发现,这不过就是一个普普通通的故事,然而她已经懒得解释,为什么平凡不应该被看不起,举个例子,她所谓的真理就和路边某个修指甲的人,和他的真理一样,就是真理而已。就是这样,索林啊,她想喊出来,我们尝试着在无能为力中,在失败与挫折中,以及在无用的繁复中去寻找满意,这完完全全就是徒劳。

然而,实际上,她完全不再有一丁点儿兴趣读下去,可能接下来的几页也全部都是陈词滥调。或许,她都能想象得到那傲慢的索林,噘起他轻蔑的小嘴儿,读她信的样子:"看啊,这位'巴黎时装女店员',这个小婊子往哪藏呢……她可是一直都读克尔凯郭尔①和爱因斯坦呢!"你怎么能解释女人所理解的事情呢,对于她来说这当然是正常的,而对于她的伴侣来讲,可能要等20年才能理解。

"嗒"的一声,录音机停了下来。这位小女哲学家跳了起来,

---

① 索伦·克尔凯郭尔,丹麦宗教哲学心理学家,现在存在主义哲学的创始人,后现代主义的先驱,也是现代人本心理学的先驱。

走到了办公桌前，把磁带翻了一面。在镜子里，她的胴体闪闪发亮，女人看着镜子中的自己。她看到自己硕大而苍白的乳房，她一手抓住一个，看着它们……也就一年，或是五年，你就有这么多而已，我们的生命是如此的短暂，她厌恶地笑了笑，把磁带又插了进去。

她合上录音机的盖子，音乐又有如飓风一般刮了起来。然而电话又响了，还是可怜的索林打来的，不过刚好赶上这位小女冒险家心情不错，她便拿起了听筒，却还悬在半空中，她仍有些犹豫……当然了，一定是索林，这个小鬼，这个颇负盛名又学识渊博的穷鬼。"没错，是我，多洛雷斯，当然了。没什么，我能有什么，声音一点儿也没变……我能有什么要跟你说的，不过都是些心血来潮的废话而已。我倒没什么，就是月经，月经而已……是的，你们的作者说因为这个我们就不能当法官，或者当个其他什么，我也不知道。也就是说这些天，人们可不能把他们的命运托付给我。或者其他的时间也不行，谁知道呢……是的，先生，我在经期，就是这样！"

听筒又放回了原处，这个冲动的女人又重新享受起一个人的时光。她双手抱着脑袋，把头塞入双膝之间，好像睡着了。她听着披头士，然而电话又响了，又一次地响了，没有休止，那就让它响吧！披头士、牛奶广告、电话铃声，随它们的便吧！

这段时期，通过一系列的观察，得到了一些有趣的结果。所观察的对象包括，一家餐厅、一家体育俱乐部、一辆出租车、一家托儿所、一家储蓄所、一个法庭、机场或清运垃圾的工人、有轨电车司机、卖报的商贩、交通部门或者急诊医院、管劳动力分配的单位、管住房分配的单位、一个图书馆、一家理发馆。对这些地方的初步调查,会先于例行的会议。那个古怪的年轻人,在一开始激发了人们的幻想与求知欲的年轻人,没有出现在会场。难以解释的是,他甚至没有出现在起草好的集体与小组的名单上。他的缺席也并没有带来任何的影响,他们会聚在一起,变得跟他们的工作一样,每个人也都干着自己手里的活儿。可能人们很快就会忘记他。无论是如何的令人惋惜,他们都将失去他,或许,这带着一种最初模糊的真实;某天,你可能会问,是谁在最初刮起了这股旋风,令所有人都短暂地、一连串地置身于惊愕与激动之中。所有人都做着他们所该做的事情,很难再想起那个年轻人,那充满渴望与激动的面容。在这位古怪的闯入者的脸上,满是怀疑与不安分,他们看到了,不知是何时的自己。而现在的他们,唯有勤勤恳恳,总是在寻找着方法,坚持不懈,一步一个脚印,去完成他们所能胜任的、费力的、付薪水的任务。

没有人知道,这个陌生人会不会继续他大胆的假设,例如"世界上精力与骨气的危机",或者是"拒绝偶然所带来的毁灭性的干预",还有其他什么的。

更不知道他会不会去看,这部指导性的电影,导演在他们的假期来临前所放映的。

这部电影是一位大导演的作品,讲述了德国20世纪20年代经济与道德危机的场景。贫穷、警戒、怀疑、监视、不满情绪越发增长,对于工作不稳定的个体来说,压力越来越大。害怕越发严苛的选人条件,被嘈杂喧闹的宣传搞得晕头转向,走过的每一步都会被人监视,填写了一栏又一栏的信息。关于他的生活,他的信念,还有他的亲戚,被恐惧压得喘不过气来,被困在他那越来越不稳定的居所里。对于幽默与艺术的惩罚越发的严重,禁止一切怀疑、讽刺的观点。要建立军号吹响那样的恐怖,统一与赞美,要开始抓捕嫌疑犯,外国人、病人、学者、革命人士、妓女、艺术家、投机者。他们穿着严肃的,蛊惑人心的制服,就这样提拔了势利小人,失败者、虐待狂、狂热追随与盲目崇拜的人。

"将矛盾转移到人与人之间,是莫大的成功。信仰缺失,很容易被操控。我认为这是很有教育意义的方法,将偏离的因素,放置于真实的原因与灾难性的结果之间。"教授会这么说,同时打开了灯,"科学家研究因果,然而也能用同样的客观去分析此次的偏离。不只是对国家社会主义最初的历史感兴趣,更对艺术家的执着感兴趣。我认为一个好的艺术作品,至少在假期来临之际,能激发出些想象……"

临走之前,由于太晚太冷,尊敬的研究人员拥挤在一起,没有表现出良好行为举止,也因此他们无法发现有谁出席了,谁缺席了。

III.3

在大主教去世以后,科蒂格·瓦西里的境况更是变得十分不确定,也因此他放弃了这份差事。之后他在一家集邮杂志社工作了几个月。

1977年大地震之后的两个月,科蒂格·瓦西里忍受着右眼视网膜脱落的痛苦,而后他在军医院做了手术。在住院的十天里,他结识了一位罗马尼亚国航的公务员,还有一位小有名气的作家,写过几本小说。这位作家和科蒂格·瓦西里常饶有兴致地聊天。当得知临床的病友在哪里工作时,作家询问了关于教堂主教的种种细节。科蒂格所描述的主教更像一位领导,而不太像一位圣徒,他是一个精明的宗教活动家，有决心，十分聪明，很是关心教堂的利益和他自己的利益。他是个很喜欢发号施令的人，也很注重实际，在他的面前，下属们会尽可能地克制个人的想法。一个充满工作热忱的领导，一个很好的组织者，习惯了独断专行，大事小事，都事无巨细。依靠着充沛的精力与任性，他领导着同事们，然而他又懂得如何恰当地与其他领导妥协，也会给罩着他的人献上殷勤。

他的讲述不带有任何的个人感情，仅仅是客观事实，在一个闷热的夜晚，恰好两个人都睡不着，他们俩聊了好几天。这位作家好像很急于了解他所知道的，关于宗教活动、组织与规定的细节。科蒂格·瓦西里很明确地回复了他，没带什么个人的观点。而这恰恰激怒了这位所谓的作家，而事实上，科蒂格和那位国航的调度员都没有听说过他。

"你惹怒了我，仅仅是因为我在您身上寻找，不知道某个叔叔舅舅或堂兄弟，或是学校的同学……或者可能正是我自己的另一面，没有可能的，不为人知的，那个我自己都无法认出的另一面！我在寻找这个时代的面孔，好让我懂得我所走过的，我正在走的，以及我将来要走的路。我感觉我永远都无法改变这愚蠢的需求，去理解、去评判的需求。"这位作家罗列着他的废话，就好像想要激怒科蒂格。

然而科蒂格很平静地回复道："我觉得做好你该做的事，这很重要，无论你在哪儿，就是这样而已。"比起作家同志那不合时宜的态度，提高的声调，科蒂格·瓦西里很平静、很友善地作了回答。

接下来，应该是第二天的晚上，这位小作家因为失眠不安分地挣扎着，提出了以下的问题："假如我认识一位年轻的天才画家，比如毕加索，或者是一位前所未有的诗人，比如兰波①。他住在一间阁楼里，贫病交加，没有任何的生活来源。我们再假如可能他自己都不知道，他满足一个好基督徒的所有条件。不偷窃、不欺骗，不这个，不那个，就像天使一样。对于一个艺术家来说这可能有点困难，更何况对于一个天才来说，但是我们假设就是这样。我到你那个领导那里向他讲述一位大人物在阁楼里忍受着痛苦，他有着上天恩赐的才华，但他却从不去教堂，从不求任何人任何事，不求天也不求地。一个好基督徒，可能他自己都意识不到。他的画作看起来一般般，没人能看懂他的大作，但是我和一些人，我们都知道并保证这绝对是传世佳作，总有一天会价值连城。我跟他说这些，什么来着，哦，对，大主教，他会不会问我，他的画有没有关于耶稣复活的？或者，他会不会要求在画中加上十字架，或者其他什么类似的东西？"

"当然了。"科蒂格回答道。

"否则，他就不感兴趣了吗？他不会因为同是基督徒，而愿意去帮助他吗？"

"当然不了，"科蒂格又回答道，"他只对他自己的事情感兴趣。否则就都是别人的，不关他的事……"

"哦，那么，这位大主教阁下是个公务员……给我这个，给你这个，你符合要求，你得交点费用，然后我提供你所需要的。总之，没什么区别。"这个乌鸦嘴继续说着他的废话，"就好像如果你跟我们是一伙的，我们就容许你有反对的意见，容许你说些实话，但首先你得跟我们是一伙的。"科蒂格对他的挑衅没再作回答，然

---

①19世纪法国著名诗人，早期象征主义诗歌的代表人物，超现实主义诗歌的鼻祖。

而作家却不住口，继续地说着、骂着、抗议着、满口荒唐言。

但最终，他们俩却成了好朋友。据说之后这个坏蛋还一直和科蒂格保持着联系，甚至还去过他家里拜访。出院的时候，科蒂格·瓦西里没有采纳他的建议，而是拒绝退休。他用几个月在国家保险管理处找了份新工作，同时也证明了他在医院认识的那位作家所给出的建议是错误的。科蒂格·瓦西里在国家保险管理处的岗位主要是调查审计的工作，随后托了老彼得鲁同志的福，被派到了国家储蓄银行的某个储蓄所。他是20世纪50年代编辑部的老同事，现在退休了，而他的儿子彼得鲁·弗拉迪米尔现在是国家储蓄银行总行的领导。

I.5

"我都不知道我还能拿这个学校怎么办？"维奥丽卡抱怨道，一边卷起手中的一沓报表，"最近一段时间真的是疯了。孩子们还得扫地，擦玻璃。你看，连保洁阿姨都没有！而现在，又有其他怪事儿了，每个孩子每月都得带五个酒瓶塞，还有纸，我忘了是多少公斤。还有瓶子，四个瓶子或罐子。除此以外，还有草药！布加勒斯特哪儿能买得到草药啊！我昨天问了班主任，因为昨天是家长会。她就知道微笑，跟个蠢货一样！她说反正我们得买……听到了吗？天哪，我们得买！他们连个屁都不敢放。上面跟他们说什么，他们就照做什么，就会点头，是，是，我们做，我们改进。只要不把屁股下面的位置丢了就行。"

赫塔似听非听，但她同意。她也有个小女孩儿，她知道是怎么个情况。她紧了紧厚羊毛夹克，打了个哈欠，继续听着，而事实上，她在想着还有一个小时就能去喝酒了。阴冷的一天，刚好现在能让人恢复些知觉。盘子、小锅、杯子，精心地摆放在屏风旁的柜子后面。她和维奥丽卡和好了，这些女孩儿们其实并不坏，这就是生活嘛。哪天走到她身旁和她说一下就足够了，简简单单，完全不做作："来，我们和好吧，缩怎的！我已经因为你不理我哭够了……你也资道，我缩话资前不过脑子。我缩了就似缩了，就似仄样而已，怎的，我似得闭丧我的乌鸦嘴了……但你也在单位缩了我水獭皮的似，缩我为了变富在院子里弄了个饲养藏。你还缩假话，缩我在地窖里纵了三年的蘑菇，你当然资道仄不似怎的。那也没办法，所有人都会犯错。你看我给你带了什么不一样的，来我们亲一下。"（来我们和好吧，说真的！我已经因为你不理我哭够了……你也知道，我说话之前不过脑子。我说了就是说了，就是这样而已，真的，我是得闭上我的乌鸦嘴了……但你也在单位说了我水獭皮的事，说我为了变富在院子里弄了个饲养场。你还说假话，说我在地窖里种了三年的蘑菇，你当然知道这不是真的。那也没办法，所有人都会犯错。你看我给你带了什么不一样的，来我们亲一下。）然后赫塔打开了包装，是中国的手镯。她给维奥丽卡戴在手上。维奥丽卡不禁掉下了眼泪……她也不是个坏女孩儿，就是有点好斗气，嘴不那么严实而已。但如果你真正了解她的话，会发现她乐于助人，也很可爱……现在，维奥丽卡生日，她那邻座一起八卦，如胶似漆的朋友准备了酸菜肉卷和肉皮冻，也是宴席上最重要的一部分。当然，相比于小雏儿的芥末蘸蛋，伊娜的馅饼，以及相比于卡尔门同志带的蛋糕而言，不必多说，恰恰证明了小甜甜就该坐在这健谈的维奥丽卡身边。她们又重新成了密友知己，她们又变得形影不离了，即便是再发生什么蠢事。只是因为这故事也都不是什么小事，当穿着睡衣的丈夫在一楼"出差"期间，突然不小心回到家，还有水獭皮和蘑菇的事……不过这些都过去了，她们的友谊变得更为坚固！维奥丽卡刚刚做了卷发，穿了一条绿色布料的新裙子，期待着同事们一起开心庆祝的聚会。

她们一起过生日，也一起过命名日[①]，她们每个人都有与自己名字相对应的圣徒。赫塔是圣·乔治，小雏儿加布里埃拉是圣·加百列，而伊万娜·卡尔门·彼得罗亚努则是圣·约翰！

然而，维奥丽卡生日聚会上的餐食显然就比卡尔门同志的更加丰富，毕竟恰逢12月25日圣诞节。酸菜肉卷、肉皮冻，更多的葡萄酒，李子酒的酒劲儿也要比平日里任何时候都更大……

还没过完一个星期就要庆祝卡尔门夫人的生日了，她也是在12月出生的。在46号储蓄所，她们采取了与众不同的庆祝方式：不像是平常习惯那样，过生日的人不需要准备吃的喝的，而是由其他的同事们来准备，就是要让过生日的人真切地感受到被宠溺、被偏袒、被其他人所重视。她不需要去排队，又十分劳累地做饭。她们大多都住在新区，离能买东西的市中心还是比较远的，还得流着汗提着沉重的网兜挤公交车。公交车可能要等上几个小时才来，来的可能还是辆修修补补的破车，挤满了人，每过一站怕是又要挤上一群人。

是的，在46号储蓄所，过生日的人确实很受宠溺。不过就是去做做头发，去趟裁缝那儿而已。就像维奥丽卡那样，做了个像非洲人一样的卷发，穿着绿色条纹的连衣裙。

星期三，伊娜也出现了，她之前感冒了，这下大家就都聚齐了。尽管卡尔门女士的生日已经过去了一周，而且她最喜爱的人还

[①]命名日是和本人同名的圣徒纪念日。主要在一些天主教、东正教国家庆祝。

缺席了，也因此大伙没能欣赏到这每年都有的，美轮美奂的生日礼物。伊娜·穆尔古莱茨，也借此机会用心地补偿卡尔门，毕竟她平日里面对上司的喜爱，或多或少都有些麻木了。当然，大家还是忍不住想去问彼得罗亚努夫人。最终还是维奥丽卡的小嘴儿说出了大家都迫不及待的问题："今年伊娜给您买了什么？她不在的话我们可都不知道呢……"卡尔门毫不犹豫地作了回答，她是真的很开心："哎，姑娘们，虽然我这次生日伊娜没能来，但你们要知道，她可真的是个特别可爱的女孩儿！她能很好地摆正自己的位置，非常有自知之明，还很聪明，嘴也很严实。我们也都看到了……昨天下午她给我打了电话，她还不太说得出话来，还发着烧。紧接着她就祝我生日快乐，表示不能来特别难过。她说一个小时后给我送些特别的礼物，是她的男孩儿送过来的。原来她除了有个小女孩儿，还有个男孩儿，是中学生，一个非常可爱又耿直的小男孩儿。他开着辆面包车给我送过来的，一辆面包车啊！塞瓦斯托波尔的小宝贝儿，你们都知道我这么称呼她，她这是要送给我什么呢。该不会是冰箱或是洗衣机吧……哎，你们可能都不敢相信，一套沙莫瓦[①]！太棒了！真正的艺术品！银质的，还带有各式各样的装饰，简直就是奇迹……"卡尔门同志由衷的开心与坦诚，她把伊娜当作自己的姊妹。这也使得卡门西塔（卡尔门）生日那天格外高兴，她也开起了玩笑，有些醉意，还开始讲起了笑话。这时卡门西塔开始对小雏儿旁敲侧击："姑娘们啊，他们每年都派给我们三个月的这只不怎么样的'大公鸡'，我感觉他这次应该不会来。斯卡尔拉特这次来吗？他不太喜欢这样的聚会，尽管如此，我的生日他还是会来

---

① 俄式茶炊。

的……"

确实,小维克托·斯卡尔拉特不太适合这种娱乐活动,只要遇到,他都尽量避开。前几年也是,他都会找借口缺席。然而在过去的三个月里,9月18号他缺席了,那天是小甜甜女儿的生日。9月29日他也缺席了,小雏儿的结婚纪念日。还有10月14日,那天卡尔门买了斯柯达。在过去的三个月中,所有计划好的庆祝与临时起意的聚会,她们都有邀请斯卡尔拉特,虽然他不是这里的长期员工,而是个季度性的同事。但他一直都缺席维奥丽卡的生日,而又恰好是在12月25日这天……也有时候,比如在12月31号,他就待了几个小时便找借口"蒸发"了,好避开这一年中最后一次的碰杯。

但是彼得罗亚努同志的生日他可是每次都来,千真万确,虽然他也不待到聚会的最后一刻。

而这次,12月18日,斯卡尔拉特叔叔没有出现。19号也没有出现,接下来的几天他还是没有出现。所以这次她们也就没有必要再期待他的到来。

面对这位和蔼客气的督察员突如其来的冒犯,卡尔门也感到很诧异。要不是喝得有点醉,她也不会太在意,也不会就突然有兴致提起这事儿来:"来你说,小雏儿,你应该都知道。我们的这位督察员这几周以来都干什么了?"

"我也不怎么知道。"自然,小雏儿有些推诿地回答道。

"据我从'小嘴儿'那听到的。"卡尔门女士继续说着,她放下了手中的鱼子三明治,并转向了其他女孩儿们。这位大太太也开始讲些在单位里尽量不说的闲话,她小心翼翼地避免提到在领导那儿说的话,或是在单位会议上听到的什么话,"我从秘书皮亚那里听到的是,斯卡尔拉特同志给领导提了什么建议或做了什么报告,他去给副所长、彼得鲁同志做了很多次的汇报。这可是个极其特别的事儿,炸弹一样的事儿!"卡尔门意味深长地看着小雏儿,就好像要小雏儿继续讲述细节。然而小雏儿没说话,饶有兴趣地听着,就好像她什么都不知道。"我跟你们说,姑娘们,这也太那什么了。"卡尔门同志揪着这事儿不放,她喝干了杯中最后一口保加利亚赤霞珠,好让自己再鼓起些勇气。

所有人都很开心,虽然也都有点累了,天色也已经有些晚了。尽管如此,这消息似乎并没有打扰到她们。无聊的故事,没那么重要,这个事情听起来太过严肃、奇怪,对于怪人或疯子来说倒是挺好的。谁知道有些人在追求什么愚蠢的利益,或是什么奇怪的想法呢,总之,每个人都有些自己的特点……然而,没想到的是,彼得罗亚努同志看到她们居然将此事看得很淡,甚至都不太想参与她的话题,她感到很不满意。"姑娘们,我们又都不傻!这可真不是个小事儿,这可是原则上的事儿!我和贝贝聊了一整晚,是她帮我打开了眼界。为什么恰好有个像斯卡尔拉特这样的,或者其他一些像他这样的人,他们有着独特的见解,这都是哪儿来的,有什么含义……"

也因此,不管怎样,女同事们最终也都接受了这个话题。显然她们并不傻,不是些只会聊家长里短,只会聚会喝酒的大妈大婶,相反,她们也会去听这种事情……

"当然,表面上这看似是个公平的解决办法,然而这恰恰就是最令人困惑的地方,贝贝是这么跟我解释的。"卡尔门差不多从一开始就引领着讨论,这也就证实了这事儿还是很有意思的,虽然在一开始大家并不觉得这有多么重要……

"她哪儿来的这些想法?很多时候我也在想,一些人就是这么的走运。有钱人和有钱人就是能相互吸引。始终都是这些人，投机倒把的人，还能挣点外快，真是让你都快疯了。我们这些受苦受累挣着工资的人，我妈说得倒挺好，挣工资根本就没法变富，尽管工资不错，但也就是个工资。人不是靠工作变富的，不是靠工作！"维奥丽卡飞快地嘟囔着，深吸了一口气，停下了正吃着的肉皮冻。她把盘子放下，坐在了椅子上，双肘支在桌上，双手托着下巴，准备好听听其他人说的什么奇闻逸事。

其他人在一开始没太明白是怎么回事，直到伊娜插话进来。她说得很快，带着一丝不太明显的怀疑论调，有理有据，还很深刻，令她们始料未及："这完全不行，胡说八道，简直是胡说八道。他们想让谁就是谁……都是他们决定的。空话连篇，全都是空话！这真不应该被允许。"

小甜甜始终都感觉伊娜·尼古拉耶芙娜那如此新颖的回答很是有意思。这次她也微笑地听着，差点儿就笑出声来，差点儿让馅饼给噎死，但是她很快地擦了擦嘴和鼻子，十分自信地接了话："然而似可以憎明的！仄的的确确似存在的。我倒不觉得仄总想法有多么的愚存。维奥丽卡缩得很有道理，在我们楼里就有个人弄自组餐。他可似科班促森的自模工。然而有人介扫他当促子，许诺他每天800列伊！每天800列伊啊！就当促子！他憎得多的口袋都装不下了，你看看他家就资道了，瓷器，地毯，大冰柜，录音机，你想要的他都有。而当你再见到他的似候，他又纵奖了！要么似乐透，要么似体育彩票，要么似普洛耶什蒂①的赛马！去年又在我们促蓄所赢了辆策！如果他怎的仄么有钱，他当然可以仄么玩，纵奖就很增

---

① 罗马尼亚城市名。

藏。那么，森么似公平？还不似仄些游曳好闲的人，还不似仄些人运气好。"（然而是可以证明的！这的的确确是存在的。我倒不觉得这种想法有多么的愚蠢。维奥丽卡说得很有道理，在我们楼里就有个人弄自助餐。他可是科班出身的制模工。然而有人介绍他当厨子，许诺他每天800列伊！每天800列伊啊！就当厨子！他挣得多得口袋都装不下了，你看看他家就知道了，瓷器，地毯，大冰柜，录音机，你想要的他都有。而当你再见到他的时候，他又中奖了！要么是乐透，要么是体育彩票，要么是普洛耶什蒂的赛马！去年又在我们储蓄所赢了辆车！如果他真的这么有钱，他当然可以这么玩，中奖就很正常。那么，什么是公平？还不是这些游手好闲的人，还不是这些人运气好。）

当然，彼得罗亚努很及时地打断了话题，她讲了贝贝从巴西回来讲的所有故事，还有关于斯卡尔拉特的这种积极性有多么的危险。"堵上最后一个通风口。"贝贝是这么说的。生活嘛，也就是说，最好还是随意一点、随便一点。"如果你什么都想控制，那你什么也都得不到。只有好的意图，或是只有像军队一样严肃的命令，都是没有用的。就像当兵一样，短期服役还是可以的。"卡尔门同志说道，重复着丈夫从里约长时间出差回来后给她的论述。

这时，小雏儿就像是在自言自语，胆怯而小声地问道："斯卡尔拉特真的这么坚持这个吗？"其他人的目光都转了过来，注意到了她，看向她那精致的、难以捉摸的小脸蛋儿，好像在催促她尽快说下去，因为她的话让大家觉得她好像知道什么。然而这像瓷器一般的艺伎并没有继续作答，当然了，紧接着她犹豫了一下，能让人有任何的解读，"我知道，他这个年纪应该只关心工资和退休金……"

她们继续聊着天，喝着酒，没兴致再深入讨论刚才那件事儿，无论今天过生日的人有多么想继续这个话题。时间已经很晚了……卡尔门同志这次没有在午休时过生日，也没有像其他人平时那样，在下班关门后与三两个同事在后面的房间里偷偷过生日，而她这次是在下班后专门庆祝的。

无论她们聊得有多开心，吃得有多好，总之时间不早了。夜晚的公交车运行得不如白天，已经不允许她们再多待下去了。因此，最终她们开始收拾盘子、馅饼、瓶子、蛋糕，还有剩下的东西，把它们装进塑料袋，小心地放在打开的窗边，放在冷一点儿的地方，这样第二天还能在茶歇时吃。

正值圣诞节，还是维奥丽卡的生日……她的生日是分两段过的，先是午休的一个小时，从一点半到两点半。她从十二点半就开始准备些小吃了，大家看到了那诱人的吃的喝的摆在两间接待室的桌子上，一阵羡慕的尖叫声突然传来。

她们开始从圣诞节甜面包上揪下点儿来尝尝，用叉子尖尖的头儿尝些沙拉，再尝点猪肉灌肠和肉皮冻，却听到了突如其来的敲门声。维奥丽卡有些惊讶，停下了手头的准备，亲自去看看是谁在打搅她们。

过了好一会儿，她欣喜而高兴地回来了，不喘气地一直说着："他祝我生日快乐，姑娘们！他还带了一捧花，你看你都不敢相信吧。他还跟我说抱歉，晚上参加不了。他有事儿找卡尔门说，他在外面等着您呢，彼得罗亚努女士，他有什么特别的事情找您。"

卡尔门有些生气地走了之后，大家还都不知道外面到底是谁，维奥丽卡给出了答案："是斯卡尔拉特，姑娘们！他看起来有点沮丧，他让我把卡尔门叫出去。"

大家继续着，然后，她们想把他也邀请来，想去个人叫他一下。

他们会面的时间很长，也正是因为这个，她们放弃了这个想法。赫塔不时打开门，探出脑袋向外瞧瞧，好让这位不速之客觉得自己要尽快结束，但维奥丽卡感觉这丝毫不起作用。

如此一来，便搞得这生日聚会的序曲有些混乱与不快，不断地在等着聚齐所有人。她们一直看表也没用，卡尔门依然没有出现。她终于回来了，但她连门槛都没迈进，说道："好了姑娘们，回去工作了！所有人都回去，今晚我们再继续。"

确实也已经过了两点半，她们得回到窗口后面的座位上了。她们一个接着一个，有些不情愿地回到了办公的地方。斯卡尔拉特没在，他已经走了。卡尔门简洁地给这些好奇的姑娘们解释道："哎，还是他的那件事儿。"自然，这让大家增添了对此事的兴趣与疑问。

然而在晚上，当她们下班关门，重新回到这间神秘的房间后，却没有了那股兴致，也没再讨论这个话题。她们一整个晚上都在唠叨着关于葡萄酒的品质如何，劣质的酒是不是会让人生病，劣质的豌豆是什么样的。看这个沙拉，蛋黄酱味道不好主要是因为油的原因。给我们带了得病的鸡，我们能怎么办，姑娘们……她们就这样一直唠唠叨叨的，毕竟也都喝醉了。她们好像丢了用来锁上她们鸟嘴的锁头。晚些时候当她们到了公交车站，有些瑟瑟发抖，缩成一团时，46号储蓄所的这位女领导卡尔门·彼得罗亚努同志是这样说她们的。

III.4

这位同志建议那些中储蓄所彩票的人选，或者是其他类型的彩票、乐透、体彩、国家保险管理处发行的彩票，不应再采取随机的中奖方式，而要从那些配得上获奖的人中选取。通过这种方式，能够避免太多次幸运所带来的不公正，而恰好获奖的人并不是那么的需要这笔钱，尽管他需要，但并不是他应得的。这种例子太多了，当意外的大奖落入充满了不义之财的口袋，或是腐败分子，或是营私舞弊投机倒把的人，或者是那些已经有了很多钱的人，却还想从一条腿已经踏进坟墓的吝啬老太太身上搜刮些钱。这些彩票所提供的钱财，应该给那些勤劳而正直的工人、农民、知识分子。这可是一个全新的杠杆，能够刺激工业、农业、科学技术研究活动领域，以实现质的飞跃，尤其是在当前多边革命时期。这个建议应该符合辩证的、唯物的概念，关于如何去看待这个世界和生命，关于人的主观能动性，不是屈从于命运，而是要当家做主，做万事万物的造物主。

III.5

这位同志认为，至少从外表上看彩票运营的方式不应有变化，比如开奖周期、开奖方式，以及奖金多少。然而获奖人则需要提前进行选择，在开奖之前，由专家委员会严格保密地进行。有必要预先研究好保密的方式，能够对所指定获奖人的姓名保密，这样对于新的抽奖方式，任何人都不会察觉，哪怕一丁点儿的蛛丝马迹。这位同志建议一定要谨慎分析，要让获奖的人们感受到，他们的成功实际上是因为他们模范的表现和组织对他们的信任。只有道德觉悟极高的同志，或是为党和国家的事业奉献多年的同志，才能理解这样的方式，他们能够严格地保密，因此要托付给好同志中的好同志。

II.4

　　失眠已经持续了几周之久，一夜又一夜地折磨着他。一个温和清晨，他却蜷缩在卧室里疲惫地发着呆。

　　药物并没有起什么作用，只能让他打上一个小时盹儿。他躺在床上，呆滞地望着天花板上跳动的白光，那白光时不时挪动到墙面或是墙角。他睁开眼睛，又闭上眼睛，身体翻向左边，又翻向右边，又改为趴在床上，都没有用。晨光闪烁，窗外青紫色的破晓还有些浑浊，他下了床，佝偻着，哆哆嗦嗦沿着床边虚弱无力地等着，去拥抱新一天清澈的宁静。

　　他这个年纪不仅仅因为一个人而产生孤独，主要还是他的妻子去了国外，和他那怀孕的女儿在一起，这更凸显了他的孤独感。其实反过来说，他也很快地适应了这种生活，孤独可能也令他对现实的感知变得更为自由。平日里的他，对这些家务琐事可都是避而远之，然而现在他再面对这些时，就像面对一页页的脚本一样，重复起来都不需要过多的思考。当他一次又一次地解决完这些日常琐事时，他感到十分的舒畅，就像是开启了一扇崭新的大门。或许他自己都忘记了在这之间有一层厚厚的面纱，模糊、沾满泥土，从这里到远方的地平线之间，还有着层层的浓雾，地势蜿蜒曲折，烟雾缭绕，缓缓升起，让人迷失了前进的方向。四处荒无人烟，混沌不清，又满是深渊深谷。他走进商店，穿过公园，跳上电车，一直到郊区，那里正放着某部愚蠢的电影，关于小偷和劫匪什么的。是的，他每天都能找到新的东西，都令他喘不过气来。他无法描述这种感觉，只能将这样或那样的情感拼接起来，他感觉到什么沉重、黏稠又松散的东西从四面八方而来。

就像天空中布满了遮天蔽日的蝗虫，压得人喘不过气，动弹不得。他们气喘吁吁，早在开始工作前就已经精疲力竭了，他们烦闷地面面相觑，忧愁又懊恼，好像对任何事都提不起丝毫的兴趣，只要不去烦他们怎么都行。发生了什么，发生了什么……他们也只会说这样无用的蠢话……可能在我们的时代……可能不是这样的……也因此他们在变老，这样的哀怨一直都像酵母菌一样，放大了这些变老的人，他们的怀旧伤感与无能为力。什么时候发生的，怎么发生的，完全都没有察觉，根本都没有意识到，年纪就增长了。有毒而阴险的尘土就这样沉淀了下来，叫人难以察觉，充斥着肺部和天空，令人窒息。不仅仅他的是肺部，连体力也发生着什么不情愿的或不可避免的改变，所有人都如此。这些乌合之众的精神与才智越变越强，没错，变得更加的剧烈，既富有生机活力，又足智多谋，还很有趣，还十分有进取心。他们覆盖了这整片的区域，是的，他们飞快地流转着，在地下、在过道走廊、在房顶。他们继续想着别人，正如他一样，不一定非得是些思想家，因为没有这样的要求。他甚至有些恶心，当听到老朋友们高谈阔论，他们是多么相信什么，或是多么怀疑什么，胡说八道！屁话……他们和他一样，不过都是些普通人而已，随大流、有点文化、有点蠢、有点热情，也有那么一点野心，就是这样。这些普通的人们，然而他们努力过，对，他们努力过，不是这种哀怨与失望的放弃。正如有些人所说，他发现不管去哪，都是拨弄是非、过早卑躬屈膝、有厌食综合征的人。

就好像什么都不用靠他们！就好像本属于他们的事情他们都不能做似的。别人，在别的地方为他们做的决定，或使之偏离其方向，好阻止他们给自己设定目标。好做事情，好让他们变得一无是处,否定他们的决定,让他们从责任与个性中解脱。仅按照此前确定好的,只拿一小部分,不重要的部分。对他们是如此的陌生,充满敌意。什么改变都没有,无论如何都要重新分配。

他们需要一种狂热的信仰,或是一种惩戒的畏惧,好让他们变得疯狂!关于他们所做的工作成果,如果不给他们即刻的满足,如果对他们完全不管不顾,或者是不断地集聚他们的厌恶、怨恨、冷漠,那么……

确实是这样的,不仅仅是某个人精神与身体的衰老,而是所有人衰老的过程都有如灾难一般。此外,这是一种状态,而不是一种年纪。放弃,静静地枯萎……犹如魔鬼之事,而其中之恶劣,经由七嘴八舌还有看不见的手所体现,好像控制着我们愚蠢的每一天,掠夺走我们的希望与勇气。

这天的下午,清澈的天空映着粉红色,他的思绪在脑中缠绕,久久无法平静。距他妻子离开国内还不到两周的时间。泛着青紫色的甜美的黄昏在空中摇曳着,而他是一个人,不知不觉夜幕已降临了许久。他麻木地按开了电视开关,过了有那么一刻钟或半个小时。他就这样呆坐着,电视屏幕上倒映着自己那张熟悉的面孔……他一个字都没有听到,也没开声音。他没有兴致做任何事,胡思乱想、眼泪、懒惰都聚集在了一起,还有房子和床……他清醒了过来,嘴里咕哝着什么,由于他关电视时按得太猛,电视的开关键掉在了地上。

的确,电视的画面消失了,黑暗吞噬了房间里的一切。这位流着汗的住户解开了衬衣的领扣,摸索着走向了电话,不,走向了开关,不,他改变了想法,到了浴室的门前,将他浓密的脑袋伸进了水池。

他待在家中感到毫无力气,他得出去,无论如何都要出去,去看看这愚蠢的下午。

他不记得是不是恰好今晚要去老同事那儿,不知从什么时候起,这位老同事就一直都在邀请他。而事实上,他可一点兴致都没有,让别人那么热情地接待,甚至眼里还要闪着欣喜的光芒。不得不承认的是,他对这位老同事做过什么不好的事情,或者更准确地说,曾经在险恶的境地中他没有保护他,虽然他也没什么办法……而这位老同事对他可是一点责备都没有,一直都没有,甚至连一些平日里自然而然的打搅都没有,乃至其他什么的,甚至是一些令人厌恶的小动作什么的,从来都没有!只有对他的喜爱与唠叨……这位老同事变蠢了,就是这个样子,你会看到的!不公平不会一直让人坚持下去,也不会让人变得更强,或者最终的结果可能是这样的。他曾是聪明的人,坚韧的人,不卑躬屈节的人。看啊,世事重新造化了他。可能在那个时候,他们重新给予了他权力、房子、工龄,还有退休金,又突然地削弱了这些,这就像他突然变蠢一样。否则你怎么能够理解,某位同志,曾经的大演说家、雄辩家,后来去跑龙套,听着,是跑龙套……一部历史电影,和一群老太婆老头子在一起演的,还有妓女、船夫、捡破烂儿的人……"我能怎么样,我也只能消磨些时间而已。"这个不幸的人解释道,讲述着他是怎么说服以前的一个下属的。他看着那些报告慢慢地在变,却也没什么用处:"当然在变,奥里克扮演着将军的角色,我不过就是个少校。拍电影的场歇期间,当我们抽根烟或是喝口啤酒的时候,你看他对人爱理不理的,哪怕是跟我说上那么一句话,也又简短又凶狠。可能穿上那身制服,就是能改变人吧。"这个明白人继续说着他的那些蠢话。

II.5

在一个无聊而又令人痛苦的夜晚,当他临近崩溃的边缘,几乎就要把电视机给砸了的时候,道洛班楚大街上这栋漂亮别墅的门铃响了起来,直到这时他才清醒过来。但很快他又躺进了沙发椅,快速而胡乱地、僵硬地说着些什么废话,就像是只在水桶里苍蝇,听起来又好像是一群,嗡嗡地蜂拥而来。也就是说他是反对的,他放弃了,还生着气。当然他也说些什么不一样的,总之他就是逆着来,不禁让主人感到有些惊奇,让主人停止了他那虚情假意,还有那咩咩叫一般,温和的抱怨。尽管那时儿子先生进来了,这位小崽子领导、少爷,当你站在他的面前时,我的天哪,你可得谄媚地傻笑,还要羞愧地低下你的脑袋,要表现得像个随时可能丢了饭碗的小跟班儿一样。哼,就跟没看过他小时候是什么样似的,在婴儿车里拉屎撒尿的,都发臭了;得麻疹时的样子;在女厕所被抓着了,被学校给开除;上大学的时候,因为用冰球棍跟人打架,住了一个学期的医院……然而现在他却拍着你的肩膀,活像个庇护者,身体还好啊,还好啊,西里[①]叔叔。最近怎么样啊,怎么样啊,我听说小维克托叔叔做得不错,同事们也是这么说的,我能怎么样嘛,同事们就是这么说的。有意思,有意思,我听到的可是非常有意思,相比于父亲跟我说,你跟我直接解释更好,恰好我又很感兴趣,真的真的,这是个事儿,是个事儿,对吧对吧,是个事儿。他时而称呼他西里,时而又称呼他小维克托,以显示出早在他改名之前就认识他。

[①]瓦西里的简称。

对，这是个事儿！是谁他妈的让他在那个可恶的夜晚，有了这样的想法……因此他自信而严厉地重复着，这个不寻常的想法。他同意把这个写下来，听着，落实到纸面上！好好研究研究这个废物，还有其他跟他一样的人，他撇了撇嘴。这个他妈的小维克托叔叔，你看这个满脑子坏水儿的西里，他满脑子都在想些什么。剩下这些好斗之人，天哪，这些老油条，脑子可一个个都挺好使的，你听着，这些阴险狡诈……

在一个反常又躁动的夜晚，就像是有一团马蜂在心中，忐忑不安、愤怒让他有了这个疯狂的想法。就像是一直隐藏起来的想法，它等着露出头来，一点一点地，蜿蜒着地，露出小尾巴，像是根红色的丝线，像是小火苗一样。没用的人、半导体，还有喝醉了的流浪汉，为疯人院中的度假者们传送出了额外的电码与嘈杂。

可能真的是这样，也确实，晕眩而叛乱的头昏脑涨，糊里糊涂地转变成了怒气，喷涌出那稚气的悖论，转变了观众们的想法，让他们全都目瞪口呆，好像看到了什么了不得的东西。哎呀呀，你看，天哪，我们可从来都没有想过……这样一种可能性，对，对，这是个值得注意的事儿！

当然了，这全都是值得注意的，虽然这只不过是一种无法预料的偏离，或是一种被轰走的状态，变成了想法与挑衅……这或许是一种长时间被隐藏起来的，发酵并腐烂了的炸药，你尽可以用它们供养很多年的仇恨与战争，不让任何人有工夫感到无聊！总之，这可不是那些没用的，或是不成体统的玩笑，也不是什么蠢事傻事，更不是圆圆的炮弹……都不是！也就是说，这些骗子或是空谈家，真是应得一个更厉害的玩笑。用大炮或是用斧子！倘若这些骗子是水流，而不只是个开关或者阀门什么的，安装在微不足道的小水管上，当然更不是安装在大水管上的……这不过是一种计谋，或是当地的什么神秘事，是一种筛子，有那么一点点合理，能从混乱中有所限制，以回报公正，以实现我们认为的原则，我们用这个装饰起我们窘困的每一天，还有小号手，破坏的场景以及布道坛的每一天。

所以，客人先生就像是猛踩了一脚油门，甚是激动，他的想法也有如螺旋桨一样转了起来。他也许是意外嗅到了这想法，在他恼怒与迷迷糊糊的胡说八道之时，或是在不知不觉中，这想法已慢慢酝酿多年，有些令人厌烦地隐藏着。而现在，他嘴角的唾沫都快能映出了彩虹，这位晕倒了的领导，他脸上的笑容与愉悦渐渐消失了，像是如临深渊，被无数种可能性蒙蔽了双眼。

这并不是灵光一闪的任性，因为小跟班儿接受了建议……谁知道领导同志，是不是想通过纸上的这些话干掉大领导，最好是能马上就给他入殓……然而这不是一时的任性，因为这位顾问同意更新报告与见解。如果他不懈地坚持，一直坚持到头疼，那还算得上是任性。不必多说，事实上，如果仅让他提供些解释与论据的话，小维克托还能坚持，要是要求变得更多，他可能随时都会停止。

真是想不到，当今这个年代的人，就跟有妈生没妈教似的，毫无信仰，一点原则都没有。你干掉我，我干掉你，总想着弄倒对方，阿谀奉承，给谁升官，不给谁升官，最好是让你摔脱臼了，你看，这样你就没办法了吧。

这个有如此想法和政治准备的可怜之人，很快就向后退，随时准备好放弃……甚至一点人性都没有，就是这样，全是些无法解释的东西，一塌糊涂，不知从何而来，又像是从什么深处而来，跟所有你感觉到陌生的东西一样。而事实上，也许恰好你就是那个陌生的东西，当你意识到你就像是只喝醉了的愤怒的老鼠满地乱窜。这是冬天的夜晚,坏了的电视机,喧嚣作响,十分无聊,十分需要一些别的什么东西,什么都行,因此你告诉他们,给他们展示了,他们都能怎么去报复……这些人在变坏,不断地挑唆他人,他们结成一帮一伙!让他们的嘴角泛起唾沫,让他们挣扎,量量他们迈多大的步子,看看他们能吃多少,呐,就是这样!纪律、命令,我们就得这样,就得这么做,我们要监视,看啊,任何一个不正常的人都逃不出去,任何一个错误都不能放过,任何的停歇,任何的麻烦,任何突然的、失态的高兴,都不能放过。我们得把所有的东西都过滤一遍,我们把他们逼疯,我们呼喊咆哮,约束与管制,就像那天夜里一样的狞笑。当我从道洛班楚的别墅回来时,对他们的恶意与劲头咬牙切齿。在强有力的猛烈的挑唆下,我们恢复了,我们一直创造着其他过滤的方法,用于控制的开关或是阀门。双脚踏在冰凉的白雪上,发出咯吱咯吱的声响。床单是凉的,还很粗糙,我很快就睡着了,之前从没有像这次这样。我闭上了双眼以避免看到我熟悉的脸,然而这张脸却黏在电视上,黏在天花板上,黏在卧室的窗户上。我又一次睁开眼睛,它还在那儿,然而我闭上了眼睛,我睡着了,啊,像个孩子一样。这一天的胡作非为,充斥着愤怒与玩笑,让他有了如此的回报。

夜晚交织着困倦、漆黑、昏暗,一层一层的,厚重又腐烂。除了昏黑密集的困倦,在这个世界上什么都不复存在,想法也死去了,随着担心忧虑,还有这个世界同它自己一齐消逝了,因为困倦与遗忘,这个世界卷起层层黏稠的泡沫。他含混不清地哩哩啰啰,在红色的泡沫中说着些令人无法理解的话语,像是只患病的野兽,甚是凶残、灼痛又懒惰地打着滚。要是汽车加血液就能跑的话,要是能给汽车找到别的燃料的话,西里同志啊,什么时候血液才能代替汽油呢，老维克托……在这疲惫的夜晚，他的呼噜声呼呼作响，有如厚重的凝结了的岩浆在翻滚。

这喋喋不休的噩梦，梦中的话语总是间隔很长时间……他的胸膛上下起伏，因为沉重而显得有些精疲力竭，有着一种厚颜无耻的节奏，痛苦不堪。让我们试想一下血液，这种全新的燃料，你想想，发动机将如何运转，又将如何开始屠杀，造成不可避免的喧嚣，噼啪作响的柜台，爬着狼蛛，雷声阵阵的小旅店。鸡、猫、麻雀，还有马、鱼、猪，还有人，是啊，没错，人啊，可真的都是相互残杀。预计幸运与彩票的故事，无非都是些安排好的输赢，一个人的功绩与优点，也不过都是由他人所决定的。这是冬天的夜晚，坏了的电视机，喧嚣作响。十分的无聊，十分需要点什么，需要真正的事儿，需要鸟的血液、猪的血液、鲸鱼的血液，然后是人的。当然了，当然了，我们也站在了镜子的面前。先是些杀人犯、刽子手、疯子、残废之人、得了不治之症的人，然后是老年人、对手、惯犯与重犯，然后是叔叔，然后是女邻居，那么再然后呢，哎呀呀，对机遇的把控，对机会的利用，还要选择有回报、意外的指导。没什么的，都是小事而已，那些退休人员的故事！20世纪的大事，能源、中东、石油美元、伊斯兰教、圣地，20世纪最为可怕的发现！未来的燃料！你们看看我们还能走多远，我们的原则和恐惧、羞耻、屈服，还有精神分裂，我们这种最高级的哺乳动物，将会作何反应……我们将全身心地贡献，终将有这幅集体的肖像，在这机械人般的苦役中，我们重新找到时间、地点与自我。

因此，这将是一个沉重、寒冷的黑夜。汗水浸湿的铺盖里，是脆弱的小雏儿，忍受着万箭穿心般的疼痛、这个小屁孩儿。小怪物在她隆起的腹中翻腾。她身体蜷缩着，很是害怕，将手臂伸向空中求救。在人烟稀少，山中的棚屋里，这位旅行者的脸上充满着稚气，她猛然间从夜晚的噩梦中醒来，将头伸出窗外，因看到月亮的冷光而有些睁不开眼睛，她愕然愣住。放个人档案材料的铁柜突然晃动，蹭到破旧办公室的墙上，发出尖锐的响声，就好像瞬间膨胀一般，这些无用之物发出窸窣的响声。在由屠宰场方向开来的电车站，这个可怜的小公务员迷路了，因为寒冷与恐惧而蜷缩成了一团。他被几个小时前这膨胀的巨大的神力吓倒。他像是着了魔一样，这还不完整的疯狂计划令他备受启发，令他害怕，令他备受折磨。精力充沛与虚弱无力，就好像瞬间重新获得了，童年精神失常般的幻想，长时间让人没有力气去辨别出自己……

天空中唯有紫色的涟漪，混沌不堪，在这晴朗而平常的一天的几个小时前，让我们重新联系起这起伏跳跃的、难以理解的一行行文字。在这军人式的、小说化的、充满歧义的段落中，我们拼凑起、这些不知姓名的人，这些士兵们一直在变换着的、推延着的希望，还有小人物的微薄贡献。朝生暮死的无名小卒，是这个社会集体的阴晴表！不求甚解的音乐迷，机械地依照节奏混乱的程度排序，紊乱失常地继续。我们一时的迷惑，猛然间的热情与干劲，震耳欲聋，直到达姆达姆鼓①安静下来。

IV

在山区经历了短暂的疗养恢复之后，他下了山，重新回到了这单调而破烂的大城市。他在晨曦中摸索着前行，道路满是泥泞，看

---

①俗称非洲鼓。

不见光亮。他从火车站向郊区走去,在一幢幢新建的混凝土盒子中寻找着曾经的住所。这是冬日里明媚的清晨,他背着一个破行囊,跳过街区路面一个又一个的水洼。

温和而晴朗的早晨,十字路口公交车与电车在喧嚣,当他停下脚步的时候,在他的面前的是这个街区曾经的旧杂货店,而现在变成了储蓄所。他卸下了背包,缠绕在手臂上。他握住了门把手,轻轻推门,门上方挂的铃铛响了,他从自己的恍惚中被唤醒,这是以前的杂货店里挂的铃铛。储蓄所里的那些夫人太太们并没有拆掉它,铃铛的声音能给她们带来假期去买东西的快感,然而很长一段时间里,她们都没再注意到铃铛声。

某位先生,有些愣愣怔怔的,很有礼貌,稍有些好奇却很温和地看着周围的人们。这位陌生人有着一张青少年般的面容,有点像高中生,大学生,不知年纪的学者、隐士,或是个登山爱好者。不管他是谁,他都把背包放在了椅子上,又坐在了旁边的椅子上。

他无意中看到、听到,或是记住些她们四重唱一般的话语。这些白皙、优雅的年轻女人们,她们之中一位被称为小雏儿的,温和而流畅地讲述着:"昨晚我感觉很不舒服,我自己一个人在家。还不到早上的时候,电话铃声吓到了我。他跟我说那是他的主意,但他觉得这个主意不会被采纳。他就是突然想到了这个主意,但他觉得这是个与众不同的想法很有意思。然而如果他的领导不感兴趣的话,他也不会坚持的。当他看到他的领导想将这个主意据为己有的时候,他也变得有了野心。他们认识很久了,从小就认识。然而当他看到领导突然再次要求他讲述他的提议时,他有些吓到了。他不想就这样放弃,然而领导也没法用这个主意。当然他也因此挨了批评,然而领导也不能拿他怎么样,确实也对他做不了什么……然而他受不了的是，当现在领导看到没法将这个主意用在他自己的事情上时，领导好像是在取笑他。在一开始领导还很热情地常要求他去解释说明其中的原理，这些原理都是从谁谁那里引用的。然而他也不确定这是不是在表演给他看，好让他放弃一段时间，然而之后不知什么时候，他又想抓住好时机，以便将这个主意据为己有。然而昨天晚上我难受，恶心了一整夜，我没听懂他跟我说的。他一个人在家，可能有点生病了。主要还是同情他，才让他一直都讲完。他在一个电车站待了好几个小时，在屠宰场站附近，他应该是刚到家。搞得我都晕了，也听不太清他在说什么。"

女同事们不禁有些惊讶，这位生病了的年轻女孩儿除了她想讲的，还说了如此多不相干的话。大家在一段时间后各自散去，回到了她们自己的座位上，储蓄所里没有那么多的人。这位陌生人好像早就知道，这家郊区的储蓄所门上的铃铛不知道又让他回想起什么……女同事们没有去打搅他，好让他休息一下。这样，他坐到了进门旁边的椅子上，他好有时间去回想，他想到了一位幸存者，刚刚从还冒着烟的战争的焚尸炉里爬出来，他仅有一个被俘前或失踪人员协会的证件，除此以外，根本就无法辨别出他是谁，他得找到某个叔叔舅舅，或是以前邻居的，远方的堂兄弟，可能他被抓去了很长时间，就像永远都不会回来一样……他还可能在想，这么多年以来某个公民的思想和弯曲的肩膀发生了怎样的变化，在上下起伏的羊肠小道上，怎么一直都在想这件事，他们之间到底有怎样的联系。某个假设的邻居，叔叔，或者是教员，还有那个孩子一样的男人，下午在未来学研究院发表了"传记中的条件反射"的演讲，对于像他这样的前协会会员来说，这个题目可能确实有些自命不凡，他曾在孩童时期就是某个见证人，他自己就是燃料，是那个血腥年代的燃料，未来学研究院的院长也很想看看他的"辛烷值"[①]……那个奴颜婢膝，通晓多国语言，卑鄙无耻，又香喷喷的电视明星，不断地说着他那可笑的悖论：机械人总数的肖像！研究院无用的、虚假的宣传，让那些失败者们会聚在一起，他们愿意赞颂对时间的浪费，还奸诈地、浪荡地、争先恐后地比着偷税漏税。

没有多想，直接坐在了储蓄所进门旁边的椅子上，我觉得我不能忘记，不应该忘记在履历表上添加上我的症状描述，在最近几年确实影响到了我的生活。还有窗口机灵的小麻雀们，它们给我分享的颇具效果的笑话。还有马路对面排队买奶酪的商店，找茬的和帮忙的扭打在一起。还有因为能源紧缺所造成的停电，使得所有电车都停在了十字路口。也就是说：全新的燃料能够调整、调动、屠杀一切，一切的一切……正如那个醉鬼所说的，关于女同事们都说，知道他能背诵几百页的自传和报告材料，因为他以前就是专门干这个的，他只会用如此严格、符合规定的语法句式讲话。我曾要详细阐述我演讲中所提到的那些原始资料，它建立在如此学术的描述项目和如此微妙的分析实验基础上……持续的解决办法很模糊，专家们是这么说的。

除了平凡而明媚的清晨，便不存在其他持续的解决办法，这样我将拥有一副蠢笨的面孔，无所事事的行为举止，就像个优秀的学生一样，却不知道哪里优秀。我会坚定地去领取一个可能我都忘记了的奖。在战争之前，在危机之前，大奖的奖品可能是实物，也可能是旅行，或者是房子，或者我也不记得了，我甚至都不知道存折是什么颜色的。

[①]交通工具所用的燃料抵抗震爆的指标。

然而这并不奇怪，也无须难过，可能只是个误会，或者是不小心而已。因为那位纤瘦的金发女职员所说的罗马尼亚语有错误，不过她也发现了她的错误。我还得承认的是我的住址确实是旧的，身份证也过期失效了，我得去换新的，要有新的住址，还需要有相应的盖章。

然而她还是很有幽默感的，也很和蔼可亲，就像这甜美而慵懒的冬日清晨。她不反对我们所记录、所撰写的事实，也就是说，一种口供记录。口供，当然了，是两个人在写下来之前，你一言我一语，低声讨论出来的……这是预先的练习，我们要尽可能地一起去完善，并最终确定下来当前要写的东西。只有这样我们才能掌握证据，也就是说才能保持并延长当前……所以我们才开始颤颤巍巍地撰写，为找到最合适的用语，我们每说一个词都停笔一次，为了包含清晨的各个时间段所发生事情的记录，人物、时间，如果你想的话，可以是一整天，或是一整周，然而，更多的是当前，为了记录："今天我们证明，某人，在某一天，来我们的单位领奖，这个人表示，其实，他有权……"也可以这么说：在我们所允许的，一个平凡而寒冷的清晨，我们带着所有的东西，日历证明材料、统计图、风险、故事、笑话、有价值的东西，孩童般对寒冷一天的期待。我们的惩罚，开心与失望，装进我们每个人的行囊。

工人阶级之窗

星期日舒展了它的臂膀……宛如一只黏稠而饥饿的章鱼。细如青丝的线网,毛茸茸的云彩,好像是无尽的深夜海洋下面凶险的巢穴。

和平的赐福与诅咒……如果它能够无限延展开来的话,便能避开嘈杂、思想与劳累的荼毒,纠结年纪的噩梦,或临近或遥远,看不见的过去,冰封在厚厚的天空中,而未来却禁锢在残酷的钟表中。嘀嗒,嘀嗒,未来已然逝去。那个生锈的硬壳胡乱地吞噬着每一个细胞,吞噬着躯体以及梦境,嘀嗒,嘀嗒,令人无法脱身。

光亮有如射来的第一支箭,或是斜切下来的第一刀,照在蜷缩着的身躯上。这身躯慵懒地分开了:两座躯体滑动开来,懒洋洋的,一个向左,另一个向右。困倦的胎盘在昏暗的暴风雨中焦躁不安,在那么一刻打碎,由一个动作而散落:残酷的新一天唤醒了它的孤儿们。

女人向右挪了一点点,男人则慢慢地扭向左侧,清晨的阳光,透过窗户隔栅照射了进来。

不知何时，一阵低语："你看，又是这样，这光……我跟你说过多少次了。"孩童呼吸般地哈气，慢吞吞的字眼，"光亮……这……我说过……你是知道的……又这样……还是这样……受罪，真是受罪。"

确实，仍旧是这样。就像是最近几周星期日这天重新找到了它的囚徒。他们确实得修好这个窗帘，真的！

"又是这个窗户……我都跟你说了，我每天都提醒你。你知道我有多受不了，我跟你说过，得找人来修一下，就修下这个窗帘，仅此而已。根本就不是什么难事，肯定能找到个修窗帘的人。"

摸索着前行，头有些发晕，在疲劳的泥潭里，在新一天恐惧中。洗澡，咖啡。完全地清醒了，有些沉重，清楚，迷糊，面前是一杯黑咖啡。已经是全新的一天了，已经无法脱身了。

某处传来有轨电车的轰隆声，或远，或近，在地下，或是在地上。公交车、无轨电车，或者其他什么车，总之在卧室里，已无法再听到那低矮的硬壳所发出的嘲讽般的嘀嗒声。他们窥视着钟表，却听不到它的声音。然而他们知道，这节拍器好像是认真地嘎嘎咀嚼着日历的毒物。

他们面对面，分别坐在了两张老旧的天鹅绒扶手椅上，他们看着黑圈咖啡杯对称的放置在光亮的小黑茶几上。那只修长而白皙的手，探出一根纤细而苍白的手指，伸向黑圈的轮廓。汗水浸湿的女士衬衫发出短暂的簌簌声，像只小猫一样，滑落至肩膀，她纤细的手臂，阻止了这丝绸的爱抚。她的手臂在空中有些迟疑，又放了下来，用手掌包住了咖啡的杯口。

"我睡得不是太好……又是这么漫长的早晨。我得去趟墓地，我不会在那儿待太久的,用不了一个小时就回来。"

在沉默过后,女人看着同样沉默的男人,又一次开口说话,他们各自呷了一口咖啡,相互看着。或许是因为起得太早,使得他们都不太想讲话。公交车、无轨电车、箱型有轨电车的声音在那一刻安静了下来。蛤蟆一样的计时器安分的脉搏好像有节奏地、均匀地吞咽着期盼。

"你得赶紧整理下那些记事本。得让他们去别的地方找,要是在我们这儿,可太容易找到了……或许,在那个晚上,这正是他们想从他那里得到的,这些记事本。或许他的死,正是他们的原因……"

男人默不作声,闭上了眼睛,等着她接下来的话。他又睁开了眼睛,等候着。

"现在最要紧的事情就是那些记事本。我们得整理好,把它们放到一个安全的地方。这是他留给我们的全部,可不止是些诗歌,你是知道的……"

街上的暴行时时刻刻都发生着,周围到处都是葬礼布施的食品,堆积如山,随处可见。

突然,他们被门铃声所吓到。门铃响起,响了很久,之后是长时间的等待。再一次响起,很短,听起来有些羞怯。

"会是谁呢?星期日的早晨,都不休息的吗……会是谁呢,在这个时间……"

在门前,不,离门尚有一段距离,他好像是贴在了走廊的墙上,他那灰色的大衣差不多要垂到地上了。紧致的领口上面立着一副消瘦、苍白的面庞。大大的眼睛,一对炯炯有神又有些慌乱不安的大眼睛。

"请您原谅，如果……我打扰到了您。"

他那柔弱的声音仅给人留下了羞怯与谦恭的印象。但他似乎并没有等待对方寻求解释。

"您的卷帘坏了。就是这个，现在叫什么来着……拉绳，窗帘的拉绳，我想说的是。如果您想的话，我可以修好。"

真可谓是迅速而精准的射击，正中瞄准的靶心，算是卓有成效的惊喜……

"啊，好。好的……可是你是怎么知道的呢？"

"从街上就能看见，绳索断了……也就是这个，窗帘的拉绳，就是拉窗帘用的。卡在了里面，我知道。就是因为这个，里面歪了。合不上，也打不开。就是这个，拉绳或者我也不知道该叫什么，卡住了，里面是歪的。"

"就是这样！你说得有道理……但是你怎么知道这个公寓……你是怎么找到我们的呢？"

"我推算的，从外面，楼的正面就能看出来。四楼，从左数的房间……很容易的。"

门开得更大了些。这个矮小的男人走近了，然而又后退了一步。他提着一个老旧的手提包，装得很满、很重。

"请进，请进。没事儿，不用脱鞋，没那个必要……"

然而他还是很快地脱了鞋，说话间就已经只剩袜子了。他的大衣也已经挂在了衣钩上，手提包也放了下来，放在了鞋的旁边，是打开着的。可以看到里面的螺丝、改锥、钳子、螺母、钥匙、钉子、绳子，以及各式各样的工具。

他在门厅停了一下，然后走进了卧室。他很矮小，有些驼背，消瘦，却掌控着局面。他观察着窗户，从一侧看完了，又从另一侧看了看。他的动作坚定而自如，没有了最初的小心翼翼。

"您得花100列伊。如果您觉得可以，我现在就开始。100列伊。"

他漠然地耸了耸瘦弱的肩膀。相比于瘦小的身躯，他的手掌太大，手臂太长。他转过身来，显得有些紧张，用手挠了挠剪得像刷子一样的头发，又把手放在腰上，等待着对方的回答。

"只要一个小时就好了，我跟您说了，就100。"

"这可有点贵，怎么就得100呢？"

"我就是这个价格，100。结实的绳索，肯定不会坏的。也就是拉绳，那个带子，您拉的绳子。我有以前的那种，是不会断的。"

"好了，好了，但是100还是有点贵……要不先开始干活儿，价钱我们再商量商量。我们肯定能达成一致的，这个你不用担心。"

"不不，我们还是得在之前就确定好。我跟您说了，100。"

"别了，我们再商量商量。来，进来，进来，你看，我们都没来得及收拾床铺。"

"您有梯子吗？我需要一个梯子。还有报纸，铺在地板上，好别弄脏了。"

他从书房拿来了梯子，又从衣帽间里拿了些报纸铺在地上，将梯子摆放好。

女人恰好从浴室里出来，准备好出门。她停在了卧室的门口，有些不敢相信地看着这位已经爬上了梯子的工人。她一头金发，很精致，显得有些担心。她慢慢地拉开卧室的门，听得见她在衣帽间的低语，然后是换衣服的沙沙声。再然后，是出门的声音。

"哎，您修得怎么样了？"

"啊，还行。里面的拉绳断了，我跟您说过。我有以前的那种,很结实的。不会再断了……"

男人穿的是牛仔裤和针织衫,他走出了房间。大概15分钟过后,这个工人重新回到了门厅,主人正在那里读着一份杂志。他停在了开着的玻璃门旁,环视着房间、扶手椅、书桌、书架。

"这么多书!到处都是书……"

男人从报纸中抬起眼睛,表示同意。

"这么多书,您有这么多书。我一进门就看见了,我知道,您肯定不一般。"

男主人笑了,把手中的杂志放在了一边。他等着,在那么一瞬间,那个钟表响了,咕嘟,像只老蛤蟆,吞咽着,咕咕地叫着。

"看您正忙着,我看您挺忙的,就不……"

"我就是看看杂志。不是什么重要的事儿,你可以进来。"

"好吧,我看您一直在忙……我想说看书,对,看书,我看您一直在忙着看书,一直在看书。"

"不打扰的,你可以进来。"

"女士走了吗?如果她已经走了的话……或许我现在能请求您点事儿……我们可以说……否则我不会……"

"说,说出来你想说的。来,说吧,我们一起听听看。"

"我看到您有这么多书,所以我在想……或许,您可不可以帮我写点东西。"

他那消瘦的面容,眉头紧蹙。裤子上绑着条破旧的腰带,薄衬衣极其的短,袖子也很短,像是小孩子的衣服。还有明亮的双眼,在飞快地转动着。

"是遇到什么困难了吗?想让我帮你写个申请,是这样吗?"

"是的,我确实遇到困难了,但是我可以其他时间再来,当您有空的时候。不如,下午,或者晚上,您休息的时候……"

"好的,你想什么时候来都行,我早上也都在家。"

"啊,好的……也就是说,您在家里办公?当然,早上更好。那我找天早上来,当您一个人的时候。"

他小步退了出去,他的小短腿左右摇摆着,宽宽的脚掌裹着又长又大的袜子。

他干完了活儿,收拾起螺丝、钉子、钳子、线团,统统扔进他的旧手提包里。恰好这时女人回来了,他为让自己显得不那么起眼,便加快了动作。他要了一把扫帚,小心地清扫着灰尘,还向两位主人演示了拉绳的开关,并再次向他们确认所有问题都解决了,还请求去洗洗手。在临走之前,他用手绢把100列伊包好。

在一个下着小雨,温和的早晨。门铃响了,很长的一声,间隔了一段时间,紧接着是短促的一声,听起来好像很胆怯,然后继续等待着。主人可能是因为失眠,还有些发癔症,差点儿没认出来这位陌生人,他离门有些距离,毕恭毕敬地站着。

"啊,是你啊……来,来,请进。"

他的影子这才与走廊的墙分离开来。他进了屋,脱掉了大衣,把鞋拎在左手上。

"不用不用,没有必要。哎呀……进来,进来。来把包放这儿,放门厅,来,请进。请进,不打扰我的,不,不,不打扰的。请坐,我去煮杯咖啡再过来。给你也来一杯咖啡吧,很快的。"

确实,主人很快就回来了,拿着杯子和托盘。客人僵直地坐在椅子上,有些拘谨。差不多简单聊了半个小时后,他终于放松了下来。

"据我所见,我觉得……您是不一样的,我能够信任您。在这个国家,只有两个人能够帮我。要么是最大的那个,但我可够不到那么高。要么就是那个胖子,经常出现在报纸和电视上的那个,那个奸诈狡猾的人,能摆布所有人。"

"喝咖啡,不然凉了。"

"以前,我还知道是怎么回事,该怎么办。以前都还行得通。我们家是贫苦的农民家庭,家里有8个孩子,生活很艰难。我在12岁的时候,从村子里跑了出来。我来到了城市,我知道该去哪里。我在大门口等了好几个小时,最终,他们让我进去了,还听进去了我说的话。他们把我塞进了一个职业学校,我就是这么学会的手艺。那个时候,你还知道该敲哪儿的门,他们还能听你说……"

"喝你的咖啡,我看你一口都没喝。"

"担忧、困境……让我苦恼了许久……我去看过医生。我不想喝咖啡,我最好还是不喝吧。一切都变了……没有人会去关心一个陷入困境的人。现在,一切都隐藏在最下面。你得有亲戚,或者有那里的门路,在上面的,每个人都能分到面包的地方。而距离现在10年、15年前,还不是这个样子,都还行得通。我和我的妻子,还有两个孩子,我们一起住在一个工作间里,就两平方米,小到令人窒息。我们有一天一起去了公园,我遇见了个摄影师,就是在公园里遇见的。我和他说了我想干什么,他看了我很长时间,他说,我不干这个。这个太危险了,我知道你想要什么,我可不干。我给他手里塞了500列伊,500列伊啊!他吓到了,这个可怜虫,他一定觉得我是个疯子,他确实吓到了,拒绝收钱。最后他还是来给我们照了相。然而我向他保证了,我绝对不说到底是谁干的……"

"来杯茶吗,或者,来点小吃?"

显然他没有听，他那坚定的声音、紧皱的眉头、全神贯注的样子，就好像星期日的早晨，他在马路上看到了坏了的需要马上修的拉绳。正是他，想要提前商量好价钱。而现在，完全看不到他的犹豫和羞怯，离门口站得远远的，紧贴着走廊的另一面墙。

"一天早晨，我拦下了一辆政府官方的公车。就在别墅附近……我什么都知道：时间，线路，以及恰当的时刻。我怎么知道的？哎，说来话长……我找到了一份差事，给那些有头有脸的人修东西。我打听到怎么能去那里，那个特殊的住宅区。有人介绍我到一个小领导那里，我给他修这个修那个，差不多整整干了一个月。他钱给的不太多，但是我也没有讨价还价，我把所有该修的都修了。我什么都会修，钥匙、煤气灶、水池、柜子，什么都能修。最后，我跟他们说，看啊，我几乎都是免费干的。这样，现在我只想请你帮帮我，出个主意就行。我每天从工厂下班后都来他这里，一直干到深夜，我把他家里所有东西都修好了，几乎没要什么报酬。他也没办法，就跟我说了：'你这样，这样，临街某个门牌号的房子里，住着个同志……大人物，绝对重量级。具体是谁不重要，总之他的名字很响亮，他爬上去过又下来了，职务一直在变，总之就是为了不让他有太大的权力。'我在那里观察了几天……我拦下了那辆公车。四周到处都是警卫，您应该是了解的……他们从四面八方扑向我，瞬间就把我给制服了。然而那位大领导摆了摆手，把我给放了：'怎么回事，发生了什么？来，你过来。'我立马递给他了一些照片，一份档案、报告，所有东西。这是那个人教我这么干的，我给他家干活的那个斜眼儿。那个大领导看看我，又看看材料，看看材料，又看看我。'好的。'他说，'如果你在这里说的都是真的话……我们会调查看看的。'两天后，他们就让我搬了家。时代不一样了……我倒不是说那时候有多好,唉。但你至少还能找这个或那个,至少还能提要求,能闹一闹。现在呢,只能用钱,或是欺骗,要么就是有亲戚,或是些什么不正当的手段。"

他举起用报纸包着的那卷材料。他把它从两腿间抽出,举起来,活像个危险的武器。

"今天,你再想找到那些大人物……根本不可能,找其他人也没有用。所以很多人都去找那个胖子,那个常出现在报纸、电视上的那个胖子。我觉得您肯定认识他,您一定认识他。"

"我认识他,但全国人民都认识他。也就是说我不认识他,但如果你想的话,我可以帮你写信。如果你的事情合他的心意,他会帮你的。但得让他称心如意,如果他能从中得到什么好处,如果你足够幸运的话,他可能会帮你的……"

他从椅子边的那堆纸张里,拿出了那份材料,打开并平铺在茶几上。上面的字很大,像是小孩子写的,有些向左倾斜。

"所有的都写在这里了,但是我先跟您说,我的级别是八级。在我们那个厂子,我是负责烧锅炉的,是资历很老的工人了。直到我们老师傅退休前,我都没遇到过什么困难。而就在两年前,从省里面派来了个新领导。他们给他分了房子,给了他所有东西,很明显,他有靠山。跟厂子里的其他人相比,他有更多的会要开。你要是不跟他作对,他倒也不是个坏人。他很爱开玩笑,和主任、其他人的关系都还可以,也很会做事。我跟他倒也没什么,他也不管我,但我不跟他去喝酒。是他破的这个例,在发工资的那天,所有人都要去喝醉,必需的,所有人。但您知道,我是不喝酒的……而且除了上班以外,我还要干别的活儿。确实是这样的,我有四个孩子,说实话挺不容易的。我的妻子不工作,她也没法出去工作,四个孩子啊……我跟她说了让她待在家里，好能照顾孩子。"

这位先生俯身看向玻璃的茶几，拿起那些材料。他翻阅着，时不时地点点头，可能恰好在找他想要的东西。

"我一般不和他们去喝酒，但有一次我也去了。我也没办法，我也不想让他觉得我在针对他……他们有自己常去的酒馆。'主席'，他们这么称呼那个地方，虽然人家有自己的名字，但我也想不起来到底叫什么。那个肮脏的小酒馆，里面全是烟，拥挤不堪，但却有红丝绒的椅子，价格也很高。他们慢慢地喝，直到所有人都烂醉如泥，这就是他们的规矩，我记不起别的了。一个小时又一个小时，整整喝了一个晚上。到最后，结账的时候……哎，那时候，领导可不掏钱。其他人得一起帮他付钱，当然我也付了。之后我就没再去过，再往后……他们还是会让我出钱，包括替领导出的钱。我不想，所以就没给。他们每次都跟我说，你也出份钱什么的，可是我不想，只有我没给。哎，就是这么开始的……"

听的人点了点头，表示理解，把那一叠材料放在一边，认真地看着他对面的人。他们沉默了许久，那些材料也乖乖地在那待了好几个小时。黄昏扰乱了他们的思绪……这个疲惫的男人，再次匆忙地伸手、分拣，抽出一些材料，拿在手里，在房间里走来走去。他一个人，窗帘上映着紫色，如灰烬一般，夜晚的沙沙声盖过了钟表的声音。

"或许他们不知道，这个工人在工厂过去25年的工作中，从未迟到过，即便是整个城市的交通都瘫痪的时候。"他提高了自己的语速和声调，"那为什么要开除这个工人，过去一直在这个工厂负责烧锅炉的工人，好让他失去每个月400列伊的薪水吗？"

"在这些材料里面……是给法官准备好的问题。"晚上，丈夫给妻子解释道。他手里拿着这一叠材料，因为激动、愤怒而有些颤抖。

"写得很简单，也很聪明，你能很好地理解整个故事……为什么这位领导同志要求这位工人值夜班？明明此前规定好，如果家庭人数较多，或者在工厂资历较老的人可以免除值夜班。为什么给他分配了最重的活儿，却没有付给他相应的工资呢？为什么要把这个工人，从锅炉房给开除呢……为什么，当他生病的时候，领导却跟他说，工厂可不收留病人……为什么仅仅因为迟到了半个小时，他就扣了这个工人一天的工资……为什么当主任、工会，或是部长要接见他的时候，他被警告必须在人家的桌前乖乖地待着，如果他之后不想遭殃的话……"

"所以到最后，他修煤气灶了吗？或者，你们聊天的时间太长，而没时间干？"妻子微笑着问道。

"他修了，他在我给杂志社写信的时候修好了。我觉得那头猪应该能帮到他什么……他都差不多是国家的二把手了，人们都是这么觉得的。所有人都知道，他会先玩自己的游戏，但除了他，人们也不知道该找谁了，他或多或少就像个巫神一样。可以让他把他们写进文章，让他们重新变回正常人，让大众了解到他们的疾苦。事实上，合法的权利，这是所有人都想要得到的。让他们重拾信心，这是他们想要的。被困苦与陷阱所笼罩着的，不知道是什么，也不知道该怎么办……我很谨慎地写这封信，就是为了能刺激到那个混蛋。然而所有说服他去接受与工厂工人们妥协的尝试，都没有得到回音。我也向他解释了，一个人的力量，还不足以撼动一个如此腐败的系统，他自己将会被这系统给毁灭。可他不听我的……在这个人的拳头里，有着一种可怕的坚韧。只要你看他就知道，这么一个小个子！刻苦、诚实、高傲。他受到来自不同方向的侵袭，但他做所有事情却都很聪明。"

"那么他要了多少钱？还是100列伊吗？"

"不，这次他没收钱。他修了煤气灶、浴室的门、行李箱的小滚轮。当我想要付他钱时，他说不需要了……我坚持给他，他却不想要，他说自己是花了一些时间，但我也花了很长的时间帮他写信，所以不需要，不用再给钱了。"

夏日炎炎，浴室的喷头却堵住了。他们又给那个工人打了电话，第二天的早晨，这个手艺人上门来修了。

门铃声很羞怯，就像轻轻碰了那么一下。同往常一样，他离门口远远地站着。他自己也习惯了这位先生的样子，像小孩子一样，有些困倦，牛仔裤的上面挂着一件厚厚的衬衫，方格图案，因没那么在意而没有塞进裤子里。

"打扰您了，但是我原以为……我妻子跟我说您打电话了。"

"请进，请进，我马上给你煮杯咖啡。啊，我忘了，你不喝咖啡。给你来杯茶吧，好吗？马上，很快的……不用脱鞋了，没必要……哎，不用脱了。"

而客人已经把鞋拎在了手上，手提包也已经打开了，这个手艺人，在他那老旧而敦实的包里翻腾着，螺丝、水龙头、螺母、小瓶子、丝线、绳子，不知道还有什么。

先生走开了，喝着他的咖啡，不过很快又回来了，拿着托盘和一杯茶，还有一片甜面包。工人委婉地推辞了，过了一会儿，主人又来了，站在门边，想要说些什么。

"你的事儿解决了吗，进行得怎么样？"

"哎，我赢了。我胜诉了，但是他们没有批准我14000的要求，他们只赔偿了我6000列伊。"

"你胜诉了？天哪，了不起！我可从来都没听说过谁跟一个工厂或是跟国家打官司能赢。脱帽致敬啊，你可真是前所未闻！还没有律师，真的是太厉害了……你跟我说你不请律师，而你真的是自己一个人跟他们辩论的，没有请任何人吗？"

"但我上诉了，我可不要他们施舍给我的钱，我想要得到公正。他们也没办法……他们得给我公正。14000，根据我所计算的，就是这么多，包括降职、休假，还有我应该得到的奖金。"

"算了，兄弟！你别再因为官司伤了身体。如果他们能认识到自己的错误，并重新雇用你，这个故事就到此为止了。你也能平静些，不用再到处奔波。"

"您不用担心，面包的话我能自己挣……这倒不是问题。我就是想要得到公正，得到我的住处。您要知道，不然整个世界都将陷入地狱。所有人都不会再相信任何事，人们的正直、信任、言而有信，都将不复存在。如果是这样的话，我们活着就没有了意义。如果没有了灵魂，没有了规则，还不如什么都没有。对了，我能洗洗手吗？"

"当然了，就用这条毛巾。"

他洗了很长时间，他那染黑了的双手。他犹豫着要不要用水池边的毛巾，湿湿的手掌悬在空中。最终，他还是抓了抓那条毛巾，动作快速而笨拙。他收拾起螺丝、水龙头、螺母，要了扫帚，认真地打扫着房间，并准备离开。

"我该给你多少？"

"啊，100列伊。"

当这话说完,很难让人再保持着笑容。

"为什么,你的价格是固定的吗?"

"100列伊在今天不算什么,我给您换了浴室的管子。商店里卖32列伊,但质量很差,很快就会生锈。我给您换了好的,能用很长时间,以后就不会再漏水了。我还把地漏里的脏东西清理干净了,不会再堵塞了。您给我100,下次也有保障,我都算好了,您不用担心的。"

"这也就意味着,我们还会见面……"房主露出了笑容,他终于又笑了起来。

"那么,不然呢。祝您身体健康,上帝保佑您身体健康。"

也就是说,至少能维持整个漫长的夏天……当再次收到这个孤独的斗争者,以一种回顾概述的形式,收到他的消息时,已经是12月了,在一个寒冷冬天的夜晚。

在公交车站,数不清的密集的人群拥挤着,一个挨着一个。公共交通早已成为众矢之的,人们诅咒和咒骂的目标,当然这也不是第一次了。痛苦的抱怨、憎恨与绝望,来自这些可怜的乘客们。他们原地转圈,摩肩接踵,不时地向地平线的方向瞭望,多希望那个怪物能够最终现身,把他们带回家。寒冷与疲劳令人有些麻木,人群中爆发出阵阵的喧闹声。如果有人能将他们各自的话语汇总起来,会让人觉得革命暴动马上就要爆发了,就在接下来的几个小时,大规模地爆发。然而实际上,经常能听到他们这么说,这些每天都备受迫害的人,重复着他们绝望的咒骂,每天都得排队,就为了能买到肉、香皂、图钉、卫生纸、香烟、帽子,就为了能等到公交车。无穷尽的长队中,响起了饱受欺凌又愤怒的合唱……要是有人能听到这些人,这周期性的愤怒,或许早就习以为常,绝不再对未来有更多的期待。

在这个寒冷而昏暗的冬夜,还有很多人在公交车站守候着。女人们因拿着沉重的提兜和提包而弯了腰,小孩子们冻得瑟瑟发抖,男人们来回跺着脚,提高了咒骂的声音。

在人群之中,很容易就能认出他来。矮小,灰色外衣,快要被两大包鼓囊囊的塑料袋给拖垮,一手一个。与其他人相比,他与众不同,就站在原地,不动弹也不作声。不来回走动,也不说一句话。他没戴帽子,穿着又旧又薄的外套,看起来好像一点都感觉不到冷似的。剃光了的胡子,刷子一样的头发,收拾得很好。他很瘦小,但肩膀看起来却很结实,双手垂吊着,和他纤瘦的躯干相比,显得有些太长。袋子里的东西匀称地分好,左右手各拿一个。他麻木地看着冬天黑暗的天空,就像一个迷了路的青少年,寻找着他的寄宿学校,在那里,和他一样贫穷而骄傲的年轻人们,相互吐露着他们的窘困与理想。

先生走近了,犹豫了很久,要不要过去问下。在几步远的地方,他先是认真地看着他,以确保自己没有认错人。紧接着,在靠近他之前,在他周围绕了几圈。他轻轻地拍了下他的肩膀,好唤醒他。他们相互认出了对方,他本想伸出手来和他握下手,但无奈两手都提着袋子。然而他们还是相互点了点头,便产生了如下对话内容。

工人纳努·瓦伦丁于1982年6月8日在布加勒斯特最高法院出庭。大法官带着厚厚卷宗,各种声明,还有医院开的证明。在过去的一年里,由于工作岗位上所发生的冲突,令他的心理状况极为不稳定,医院的证明不仅仅是关于他自己的健康状况,还有关于他每一个孩子的：玛丽亚，19岁（综合性贫血和甲状腺功能紊乱）；安杰拉，16岁（哮喘和脊柱严重变形）；米哈埃拉，13岁（类风湿关节炎和心肌供血不足）；玛丽安，10岁，（类风湿关节炎和低血钙症）。此次出庭之后，大概过了两个月左右，纳努·瓦伦丁收到了邮局寄来的关于他对布加勒斯特共和工厂的诉讼，最高法院的二审宣判结果。法院要求于1982年12月26日前，恢复工人纳努·瓦伦丁的原职，包括他的级别，还需赔偿他被违规降职，以及调离锅炉部门期间的损失，还包括因为滥用职权没有批给他的合法的病假，总计8750列伊。但原告表示，对法院的审判结果并不满意，因为那些违法之人没有受到相应的惩罚，与他所受到的损失相比，这点赔偿还是远远抵不上的。

无所不能的黑夜压向着这座城市。车站周围的街道，就好像是地下岩洞中的过道一样。这座大都会的交通干线上是一片漆黑，就像是在农村一样，一望无际，又隐约可见些什么。只有为数不多的汽车灯穿过荒无人烟的公路，亮着，飞驰而过，像是一团黑蚂蚁，一个抱着一个，像是条巨龙，时不时地呻吟着，张开悬崖峭壁般的血盆大口。被诅咒的荼毒蔓延开来，黑暗而冰冷的隆隆声，憎恨与绝望的呜咽声。

这两位对话的人全然不顾身旁的人们，忘我地聊着。或许所有人也都被他们的对话所吸引。

纳努·瓦伦丁于1982年9月27日，出现在了共和工厂的人事处，根据法院的审判结果，依法办理恢复原工作岗位的手续，并拿到了他应得的钱。虽然工厂方面尝试说服他尽快回到工作岗位，并向他解释了，法院的审判结果至少要在一个月以后才生效，然而这位原告拒绝接受这个方案。他表示，他在这个工厂兢兢业业地工作了25年，绝不会像个乞丐一样回来，一定要拿到合法的文件才可以。与此同时，这并不意味着，他就完全地接受了法院的判决，他将会继续进行合法的斗争，为所有人争取他们应得的权利。工厂最终提出，在正式文件下来之前，允许他继续休息，但是没有工资。在经历过多重的坚持过后，这位原告还是接受了。1982年10月23日，法院判决的文件下来了。工人纳努·瓦伦丁于1982年10月25日来上班了，然而1982年10月29日，因为身体的原因，他又请了病假。1982年11月8日，由于病假到期了，工人纳努·瓦伦丁又一次来上班了，再一次回到了工作岗位，共和工厂的锅炉房。依据1982年9月26日生效的，第4444号法院判决，1982年11月11日，他在工厂的出纳那拿到了总计8750列伊的赔偿。1982年10月28日，原告纳努·瓦伦丁给总检察长写了信，请求检察他对共和工厂的诉讼，以及法院判决的执行情况。在1982年12月18日，罗马尼亚社会主义共和国的总检察长，通过第567132号信函宣布，工人纳努·瓦伦丁接受并执行了最高法院的终审判决。

一个小时以后，丈夫迫不及待地想要给妻子讲述他今天和工人纳努·瓦伦丁的碰面，但女人立刻抬手阻止了他。她正专注于什么事，脸上流露出痛苦的表情，显然无法分心。

"你又去那里了……我感觉。每次都是这样，你就像是着了魔一样。"

"根本没有，我要是哪天挺高兴的，我就突然能想起来。然而，要是哪天很难受的话，也会这样。然后……我就会再去。让我想起来还有什么更糟糕的事情，当然这也会让我变得更加坚定。"

"我还是希望你不要去那里了……你想想我的痛处。"

"不，但是我想起来的是……跟你也有关系。有时，我非常害怕回到家，总感觉你会出什么事。"

"这真是荒谬，我们可不能这样生活。"

"比起各种不幸与厄运的荒谬来说，这也不能再荒谬了。真实的、详尽的，虽然是荒谬的，或者连荒谬都不是。神秘的、暂时无法理解的，因为无法辨别出所有细节详情。总有一天会知道的，而且一切似乎都符合逻辑，过于的符合逻辑……"

"我的生活还是很独来独往的，我也不知道我还能做些什么来保护我自己。"

"可你的那位朋友也是独来独往。"

"不完全是，他是单身汉，这就意味着他会有一些关系……那么，我们又能做什么呢？就要禁止我们最为简单和自然的行为吗？也许这样更好，我们接受，或是去挑战危险！关于死亡，我们不过也就死一次。比起每天都要死个千百回，这倒是简单轻松许多。"

"你看，这就是……你就能在绝望中生活，这反而使你变得更顽强。而我不行，我需要稳定，至少要有那么一点点的希望……"

她抽出一根香烟，立刻点上了。她解开了丝质的衬衣，美丽而修长的手指，在丝绸的靛蓝色上闪闪发亮。她的喉结上下波动了那么一下，很生硬的反应。她低下了目光，疲惫的蓝色变得更深，更暗了。

"当然，我现在也很焦虑。然而还有这个，你称他为'工人纳努·瓦伦丁'……令我很是烦躁，或许是他给我们带来了霉运。"

"什么霉运？是他修好了窗帘！这可正经是个好运。要不是他，窗帘还卡在那里，比起他那奇怪的出现，你可能会更生气。"

"我倒是不反对他什么，我只是说我感觉……在他的身边有太多的不幸，也许他就吸引这个。"

"所以我们就要怀疑所有人吗？面对所有不幸时都要感到恐惧吗？尽管这是有必要的，但未免也太过草率了！我们要慢慢地揭开伤疤，要与不那么卫生、不那么干净的东西有所接触，去接触灰尘、接触残忍、接触最为简单的残酷。垃圾与细菌，还有平庸的悲鸣。抗体是在感染、细菌和污秽中产生的。无论如何，我们终将复原……"

"然而，或许你可以。但这会让我浑身抽搐，我还是不要讲太多……"

长时间的沉默，他们已经太过接近真理的危险地带。这位伴侣的坚贞与谨慎再一次令他颤抖……自傲的，不可理喻的高贵？坚贞、诚实或严厉的戒律？多种多样的神经症，他的裂痕反而需要撕裂的刺激、取舍与迅速的解脱。

"我对他有着极大的兴趣，虽然他满是毛病与麻烦。或许正是因为如此，我才很少与像他这样的人交往。但是在我的脑中，总有那么一丝温度，化脓了一般，那些细小、顺从的东西，痛苦、反叛的东西，这些都与他联结在了一起，仅仅在刹那间出现……"

"还好你没有再次责备我，我适应不了这样的社会关系。因为我不愿意忏悔，因为我厌恶谦卑恭顺，因为痛苦无法唤醒我的兴致，只会让我感到伤害？如果我也没什么办法的话，我会拒绝去怜悯同情。我也没有办法，因为我也就刚刚能养活我自己！我都害怕我自己的弱点……"

丈夫回到了书房，在书中沉浸了许久。快到半夜的时候，他来到了阳台，凝望着黑色的夜空。他又回到了卧室，双眼空洞地看着天花板，墙面，一片漆黑。他混乱的思绪断断续续，脑中混乱的画面像是闪着荧光的屏幕。

钟表嘀嗒，吞噬了困倦与失眠。一只总是在吞咽着的蛤蟆，令人无法忍受。嘀嗒、嗒呱、呱呱……你看它，现在又在往墙上爬。脆弱的绿色的腿，巨大的鼓起的潮湿的眼睛，快速地眨着，嗒呱、嗒呱。像钳子一样的嘴巴有节奏地鼓动着，嗒啪、嗒嗒。有很多，越来越多，在墙面上散开来，挣扎着，一片潮湿，一片荧光的绿色。墙面上闪着荧光，十几只极为粗壮的蛤蟆窥伺着，这些可怕的水栖动物，发出同样节奏的声响。

小小的脑袋，一个挨着一个。一模一样的脑袋像是在羞辱你，朝你吐了下舌头，哦，这也太过……仅仅是那么一瞬间，嘀嗒，就看到了这么多。眉头紧皱，烟灰色的脸庞。吐了下舌头，真是厚颜无耻！这个阴险狡诈的蛤蟆不管不顾消失了，你听……完全是漠不关心。

漆黑而泛着微绿色的墙面，混乱的闪电，白色红色的气泡。看不到了钟表的那些脑袋，也看不到了那个不速之客。一具满是污泥与炽热的躯体散发出绿色的浓雾。

仅仅那么一瞬间，嘀，重新看到他。突然，和这位奇怪的来客又一次面对面……

他身着盛装，细布料的套装，海蓝色，中国式的剪裁，上装的领子直到脖颈。刮干净了胡子，头发理得像刷子一样。似乎这身打扮，是要参加一个盛大的节日……虽然他的双手满是脏臭，他用那双大手掌捧着的是来自下水道的污泥。

他弯下了腰,将手插进那乌黑的下水道中,捧出一份又一份的粪便污物。他小心翼翼地倒在人行道的边缘,脏东西完全没有触碰到他那一尘不染地套装。他也无暇顾及身旁行人们惊愕的眼神。一次,十几次,一次又一次。同样的节奏,像是个充满活力的机器人,露出黑亮平静的神情。

精准的动作完美地执行着,他那优雅的节日盛装,那刮得干干净净的脸庞,像是为了庆祝活动而精心准备的,完全没有受到一丁点儿的扰乱。他一次又一次地,再一次地,直到身旁的观看者都晕了,脑袋发昏,呕吐,陷入噩梦的泥潭。全神贯注的观看令其耗尽了力气……失去了意识,瘫倒在毛毡般的浓雾中。

"您说话啊,您刚才都说了什么,您说啊。"听到了工人纳努·瓦伦丁的声音。

他有些羞怯地命令道,然后是较长时间的等待,然后他又支支吾吾地说了些什么,带有着一种纵容的讽刺:"您说,我们在听着,您快说刚才您说了什么,我们在听……"

这位被警告的人没有发出任何声响,哪怕是一个音节都没有,什么都没有。虽然他的话语像是在挣扎着,在某处,某深处,想要提高音量,想要变得洪亮。但这声响已然窒息了,在其想要发声之前……虽然发出了声响,尽管如此,好像还是发出了声响,看啊,纳努·瓦伦丁听到了。他重复着脑中发不出声响的片段的字句。

看不清他的脸,只能听到他答应的声音,只能看到他那疏通下水道的大手掌,然而他的声音继续翻译着,这个发不出任何声音的人,翻译着他的话语。

"也就是说那个诗人,那位先生,您的朋友,被发现死在了他自己的房间里。在床上四肢伸展,光着身子。对,对,全身裸着,我明白了。我明白了,你不用重复这么多次。裸着死的,在沙发上。桌上有两个杯子,一瓶红酒。我明白,我明白,没有那么复杂。您继续,我们听听看,来,您再说一下刚才您说的,让我们再听一遍,让我们听全……来,我们听着。"

看不清他的脸,只能看到他的大手掌,还能看到他从脏臭的淤泥里钓上来的小蛤蟆,他的大手掌摇动着这只惊恐的、脏臭的蛤蟆。

"他走了几天了,去参加一个大会?随便吧,我可能理解错了,不是大会。啊,是个会面,啊,明白了……是诗人们的一个很大的见面会,无所谓了。也就是说他有护照,一切都准备好了。我明白了,门是上了锁的。邻居们和他母亲,好的,好的……他们撬开了门,邻居们和他母亲一起撬开了门,我明白。他的母亲,这个可怜的女人,从省里过来,因为孩子要出国,所以特地过来送行,啊,明白了。他没有像平时一样,到火车站去接母亲。她很意外,当然了,很是意外,她按了很长时间的门铃都没人应答,好的,明白。邻居们,好的,法医,检察官,好,好的。他们都没想着给他验尸吗?他母亲要求了,但是他们没有同意,我明白。她坚持了或是没坚持,她得表明立场,你们来决定,来我们听着呢,她坚持了还是没坚持,这是个很重要的细节,您说,来,我们在听,所有您说的。"

总之,他立刻就能拦截住这个人的想法,这个连一个词都说不出来的人。对于他的想法,他立刻就给出回应,虽然显得有些害怕,但他就在他的身旁,在这里,在某处……在哪里,在某处……在这满是雪花的屏幕前,正上演着噩梦。可能就在这里,不知是何处,也可能是在那里,在某处,在排水口旁……你不必说话,然而与此同时，你的想法已经给出了声音……他什么都知道，看啊，他知道一切细节……身上的标记，皮肤上捻灭烟头的伤疤痕迹，杯子边缘上的口红印，各种谣言传闻……当然了，当然了，一个孤僻的人，沉默的人。对，对，太过于沉默，对，有些克制，太过于克制自己。令人感到怀疑，当然了，十分孤僻。健康，当然了，他身体完全健康……请接纳，请宽恕您的子民，还未来得及忏悔，还未领受圣餐的子民，便离开了我们……请接纳、请宽恕您的子民，还未来得及忏悔，还未领受圣餐的子民，便离开了我们，神甫在葬礼上重复着。对，是的，来参加这个奇怪葬礼的人很少。没有必要去探望墓地，这个女人太感情用事了，她没必要去那里。没有人能揭示其中的秘密，您的妻子也完全没有因此受折磨……还未来得及忏悔，还未领受圣餐，仅此而已。当然了，妖言惑众与信口开河，人就是这样，胆小如鼠，诽谤诬蔑。还有那个瓶子，没错，那个可疑的瓶子，混乱不堪的细节，还能……

他尝试着阻止这突然暴发的，他所不愿发生的洪流。冷汗缓缓地流了下来，形成了一道细细的丝线，他无可奈何，又十分迷惑。时间停滞了，消散了，他的身躯被击垮了，他放弃了……直到何时何地，传来了铃声。像是鸟鸣声、铃铛声、山泉声，修道院祈祷时的敲击声，牧场的铃铛声，骑手的马蹄声，学校的铃声，教堂的钟声，羊群的铃铛声，孩童的摇铃声……是门铃，门铃响了。

一阵安静。然后……门铃又响了。有些羞怯，像是潺潺的流水，像是玩具铃铛。

他抓住了床沿，感觉触碰到了床边。他死沉沉地靠在床上，感觉到了自己的存在。他不再会被拉起，也不会一脸茫然地被扔在一边。他摸索到了床腿,穿上了裤子、衬衫,踩上了拖鞋。他步履蹒跚地,迷迷糊糊地走向了大门。是的,已经是早上了,是白天了,嘀嗒,床头柜上的钟表,嘀嗒,已经是白天了,新的一天了,就是这样。

这个陌生人羞怯地站在离门很远的地方。怎么,怎么……只是……那里,你在那里找什么……而且重新,这么快……谁知道会不会……那个陌生人沉默地站在离门很远的地方,他俯身提起那个破旧而敦实,塞满各种工具的手提包。他向前走了不到半步,便已经进了门,他轻轻点了点头,打了招呼,已经在门里了。

"你怎么能……不用,没必要……不用脱……放下包……瓶子……那个红酒瓶子,没错,是一半,只有一半,这就很令人困惑了。没有塞瓶塞,啊,这不可能……他从来都不会这么做的,从来都不!你听到了吗?认识他的人都知道……不,你不用拿包了。当然了,我疏忽了,我可能遗漏了……泥潭,困倦,就快要滑入梦乡,是的,是的……好了,来请进,我们来杯咖啡。一杯咖啡,没错,会帮助你……"

他们一个喝着咖啡,另外一个喝着茶。他们相互偷瞄了对方,显得有些拘束。工人没什么兴致地回答着他的问题,关于他的身体,关于诉讼,关于最近的主席令,限制房间内的温度不得超过12度。他从鼓囊囊的手提包里,拿出了那一摞同样的材料,把它放在了桌子上。然后,他修好了书桌上台灯的开关,擦干净了浴室的瓷砖。

"我们现在拆阳台,您说怎么样?"

"我们再等等吧……我到法院上诉了,在布加勒斯特有10000市民都是这个情况。他们封上了阳台,为了让家里的空间更大些。

他们有市政府对此的批准,而现在却责令他们全部拆除。就因为某人,我们都知道是谁,某天在市里逛,可能是心情不好,就摆了摆手,要让所有这些阳台都消失。我们搬来时阳台就已经是封上的了,都已经八年了,我们还有文件、证明。市政府的人可要过来强拆!我听说他们要这么做,之后还要收罚款,数额之大都快赶上工资了。"

工人并没有太在意他所说的。他洗了手,在半空中甩干。他都没注意到他递给了他100列伊,他很是匆忙地收下钱,没说一句话。

"我有点儿赶时间,律师在等我。"

"哪个律师?"

"呃,这个,这个楼里的。恰好就住在您楼下,但是他把两间房打通,变成了一间更大的。就像把您的房子和隔壁老师的打通一样。"

"好,我知道,他是居委会的主任,很有礼貌……"

"但是很吝啬,您要知道,我在他那里干了好几年的活儿。律师……我在想,谁知道会需要到他……我每次都要和他讨价还价,直到我都累了。其实他也累了,但是他绝不松口……"

工人纳努·瓦伦丁消失了,正如他出现时一样,此刻还在这里,一瞬间就没影了。夜晚也没再能在那里找到他,在漆黑恶臭的迷雾中,他在努力地疏通清理着。

又是一个冬天的下午,门铃响了。似乎是响了,又似乎没响,好像是谁在按门铃……听起来像是不敢按响门铃。然后,在离门两步之外,他贴着楼道的墙,孤零零地站着。从门镜向外看去,是一幅有限的画面:没那么整齐的灰色外衣,皱巴巴的翻领,干净的白衬衫，两条裤管悬吊着，好像两根排水管一样。他的双手也悬吊在空中，相比于骨瘦嶙峋的矮小身材，他的手臂显得有些太长。干瘦的面容，深陷的眼窝，刷子一样的头发……还有那双厚重老旧的鞋，因为穿得时间太长而磨得有些发亮。他没有穿大衣，只穿了外衣。

他知道里面的人在从门镜里看他，他走近了，低声道："是我。"

门打开了，这位美丽的女人看到他，有些惊讶。

"啊，是你……真不巧，我丈夫不在家。"

这个阴魂不散的，他没有动，也没有出声。

"真是不巧，这么冷的天……你要是提前打个电话就好了，我会跟你说晚点儿再来。我丈夫要到晚上才回来，但我会让他找你的。或者，你明天早上打个电话。"

"啊，我想……其实我想和您聊一聊。"

"和我？"女人有些迟疑，"那么，请进，请进，如果你想……"他的话语有些无力，当她说这番话时或许有些后悔。

那位不慌不忙，先是在门口等着，然后又回到了墙边。接着提起那墩实的手提包，进了门，他的鞋已经脱掉并拎在手中了。

"来请进，请进。坐这儿，我马上就来。"

确实，她很快就回来了。穿上了一件红色的，长羊毛坎肩。家里很冷，椅子上有毯子，应该是她开门前盖着的。

"我在想，您……有工作。或许在您那里，您能帮我找到什么岗位。"

"什么岗位……可是你也有工作，我不知道该……"

"哦，我不是在说我自己。"

其实他是在说他的女儿，很快就要从商业学校，或是财经学校毕业了,他一开始没说明白。他想给女儿找个稳定点的工作,希望她身边的同事也都不错。

"我们那儿没有空闲的岗位……现在总是在裁减人员……也不知道他们选人的标准。以前是先看档案,然后看看人选的情况,那些没有小孩儿的,而现在……我也不知道。但是你女儿会被分配的,所有学校毕业的都能分配到工作。"

"当然了,但是他们会把她分到鬼一样的地方。分到某个可怕的工厂,住在工人集体宿舍,我是知道的。可能很快就会有人欺负她!身边都是陌生人,这样的工作,以我的经历……她一个孩子,她是不会知道等着她的会是什么,而且她的身体也不太好。"

一阵沉默,女人有些发抖,她双手抱紧,缩成一团。

"如果有需要的话,我……我想说我们可以拿些什么,如果有需要的话。现在别的方法都行不通,我知道。我准备了,我为这个事情存了些钱。或许我们能找个小领导,能帮忙安排下……"

"我和你直说吧……"女人的声音明确而友善,"我和你直说吧,我并不认识这些人。是的,确实是你所说的样子,但是在我们那里,我工作的地方,我确实不认识谁。尽管如此,我还是会留意一下的。我保证,真的,我保证,或许我能打听到点什么。过一段时间你打个电话,或者这样更好,让我丈夫打给你,一旦我们有什么消息的话。"

在一个三月的星期三,工人纳努·瓦伦丁竭尽全力正在拆除这所公寓的阳台。结实的金属框架,厚重的玻璃,牢牢固定在墙里。他虽然瘦弱,却很顽强,已经汗流浃背了好几个小时。他手中变换着锤子、螺丝钉、钳子、电焊机器。经受几个小时的折磨后,他终于将阳台肢解成碎片,相比于他的力量而言,这项工作可能太过沉重了。他坚持着,被这些重物压弯了腰,全身也满是铁锈。

"多好的钢材,多厚实的玻璃!你可得留好这'杰作',当今可造不出这么结实牢固的东西了。"

"没办法,你也知道……都是最上面下来的命令。法院都害怕了,他们可一点都不想听到'上诉'这两个字。"

"唉,您上法院又能怎么样呢……您也知道是没有用的。您得找人……找人把文件给撤销掉。他需要多少您就给他塞多少,好把文件撤销掉。很多阳台都是这样才逃过一劫……"

"我听说了,但那些都是楼侧面的阳台,从大街上看不见。"

"法院,也真的是个藏污纳垢、病入膏肓的地方。谎话满天飞,到处都是脏钱。"

"你不也一直去法院吗?我之前还劝你放弃,可你不愿意。我还真没想到你能弄成,你还真的胜诉了。而且即便是这样,你对判决依然不满意,不还是一直在跑法院,只跑法院。"

"唉,要是级别没那么高,你花点钱,行行贿还好解决。而我已经不行了……我应该跟您讲过……我年轻的时候和那些级别低的人斗争过,之后又和那些级别高的人做斗争。那时候不用钱……只需要有张'大嘴巴'就行了。而现在,全都得看钱、看利益。你要是能拿得出来,事儿就办得成。一直都行得通,直到那……直到那个阶段,钱已经不好使了,得用别的东西……这就很难找到解决的办法了。您想啊,您已经到了那个阶段,再这样就行不通了,这一步一步的,得想些别的办法了。"

他疲惫地蜷缩在成堆的混凝土、废钢材和废玻璃中,他话说得很快,眼睛看着地面。

"我现在就到了这个阶段,所有的一切都是不幸的……我的整个人生。我觉得我到了这个阶段。我需要有人推我一把,从别的方向上推我一把。但我不知道是谁,我不知道。还算幸运的是,经过了这所有的阶段,还有那么一位……"

很长时间的沉默,他不确定对方是否真正地理解了。他觉得,或许要说得再准确些。

"在某处还是留有希望的,您知道……有谁还能想到我们呢?一切,一切都去向……"

"你信教吗,或许?我没有想到这点,也就是说,我没有想到……"

"啊,我知道……否则……他给我们留下了什么呢?您知道,我们什么都没有了。一切都败坏堕落了,仅此而已。"

他竟然喝咖啡了!他快速地,大口地喝着杯子里的热咖啡。

"女孩儿的事情有什么进展了吗?女儿,我想说。"

他手里拿着杯子,悬在半空中,僵在了那里,一时没有回答。

"也就是说,你找到什么解决的办法了吗?你之前很上心的,特别的上心。"

他猛然醒悟了过来,放下了杯子。他站了起来,有些慌乱,想了又想,双手搓着裤腿。

"我还能说什么呢,她嫁人了!我之前想要保护她,想要给她找个出路。可真是个蠢货,我能拿她怎么办。现在……那个蠢姑娘和那个蠢小子,赶着表现自己到底有多蠢。真可惜,现在……水坑都漫过了脖子。她很快就会看明白……贫穷、工作和男人。可惜啊,我本以为会是另外一番景象,真可惜……"

他加快了动作,收拾起了工具,扫帚,快速地把200列伊塞进了口袋。穿上了衣服,点了点头,好了。前一秒还在这里,现在就已经离开了。他没有时间！白天他得争分夺秒地奋斗，可没时间去浪费。

夜晚的时候，他又来了。尤其是在夜晚，越发的频繁。他慢慢地走近，穿过焦油沥青与蒸汽的隧道。他逐渐变大，走近了，越来越熟悉：矮小、瘦弱，长长的手指，年轻的头发以及犀利的眼神。

这突如其来的，荒谬的夜间会面，在这混乱模糊的孵化阶段之后。困倦、失眠、嘀嗒，空洞的眼神望着床前的墙面。那屏幕始终像毛毡一样，闪烁着荧光。他的画面在变大，在缓缓地变大，过了很长时间，直到看清楚了他的模样。

他穿着白色的工作套装，看起来像是个伞兵，白色的头盔拿在右手上。他走近了……天哪，他走向了演讲台。偌大的广场空无一人，向四方延展开来。

在黑色的演讲台上，这个演说家瘦小的剪影，很容易分辨出来。他没有做任何的动作，只能看到他瘦小而苍白的脸庞，还能看到他干裂的嘴唇。他僵直地站着，开始讲些简短的话语，他的声音单调而柔弱。

"我们受够了，你们的那些阿谀奉承！别再给我们安上那些天使的翅膀，还有金色的绶带！"

屏幕随着他话语的节奏剧烈地抖动，他的声音仍保持着同样的低声。屏幕波动起伏，绿色的污泥，黑色的泛着油光的泡沫。

"烧掉我们的绶带，烧掉天使的翅膀吧！无产阶级不会再联合起来了，不会再复仇了！我们受够了虚伪的面具，放过我们吧……停止你们的承诺与恐怖！告诉我们真相！告诉我们所有人，哪怕是那一点点的真相！你们胆小懦弱，迷失了自我！我们也不再温良！

我们像猪一样呼噜噜地叫，就像你们一样……我们让大地坍塌。就让我们待在地狱，就让我们布满大地。光着身子，没有制服，放过我们……"

感染人的呼吁，通过上百个喇叭广播了出去，他那羞怯而单调的声音，通过上百个喇叭广播了出去。空无一人的广场上满是喇叭。他微微低下头，用手捂住了嘴，咳嗽，一声，两声……喇叭重复着一声，两声，一声，又一声，重复了上百次，从上百个金属漏斗中，上百个柱子中传出。

很长时间的安静，他又重新开始了他的话语，缓慢的，平淡无奇的低语："你们就放过我们吧，我们不想征服全世界，我们也不想解救全世界……拔掉我们天堂的羽翼，烧掉我们金色的绶带！别再监视我们……停止你们的承诺与恐怖！脱下我们的制服，告诉我们那一点点的真相……"

很长时间的咳嗽，越来越厉害，像是马蹄声，有些含混不清，又像是狂风暴雨，从所有的喇叭中广播出来。屏幕黑了下来，什么都看不清。然而这位演讲人又回来了……现在，他坐在广场中央的凳子上。

"窗户的拉绳已经修好了，很结实，不用再担心了……"他那柔弱的声音，一连串谦恭的话语，流露着狡猾与讽刺。

"我这个案子挺有意思的吧？好了，您终于听我说了，您终于理解我了……这是一个尝试，是来自地下的声音吗？就像是只可笑的鼹鼠，现身了那么一瞬间？无聊，无趣……您也开始自我保护了？您不能再帮我了，我们也不能再相互帮助了。我学会了害怕与自私，我受够了自己独自一人，受够了所有人。"

他生气地搓揉着双手。他的白鞋子，阿迪达斯，踢向脚边的白头盔。现在他手里拿着一只又大又圆的蛤蟆，跟那跳伞的头盔一样大……他把它扔进那白色的罐子……猛地一踢，头盔像是弹头一样飞了出去。似乎，安静了下来，现在的他，看着听众们，占据了整个噩梦的屏幕。

他的大手掌穿过他刷子一样的头发，又掸了掸工作套装的前胸。"对于我的墓地，您是无能为力的。对于您的那位诗人朋友，也是一样，所以您还是别再去了。我也许会决定，我也许就是灾难。或许会带来一切的不幸，一切，所有，我们的坟墓……"

屏幕暗了，又亮了，在接下来的几周，也都亮了起来，当然了……工人纳努·瓦伦丁只有夜晚才有时间。他白天太忙了，不断的麻烦、工作与奔波。他只有在夜晚才来拜访他的朋友，他那奇怪的乔装打扮着实令人惊讶。

确实，这夜晚的拜访变得越来越频繁，根本就没有办法阻止，安眠药、镇定药、阅读、酒精都无法阻止。他不断地到访，躲都躲不开。

白天则相反，更多的是遗忘与平静，他的名字更是少有提及，非常的少，几乎不再会听到这样的问题："哎，你的那位工人怎么样了？他终于把我们给忘了？"这位丈夫并不作回答，他不想说关于他们夜间的秘密会面，妻子会对这样的事情太过敏感。他尽可能地避免回答，或是避免安排他来家里干活儿。家里出现任何的小状况时，他都会说打电话找不到他，妻子也没有追问……反正，她也不同情他。也因此，这个在植物园旁边的公寓，工人纳努·瓦伦丁也没有在白天出现过。他的名字也没再出现过，除了夜间那不可避免的、例行的到访，总带有着一种残忍的冷漠。

尽管如此……突然有一天，就像是第一次那样，谁都没有料想到，门铃响了。

门铃声听起来有些羞怯，声音变得尖细，不确定是不是刚到清晨。感觉好像还不到早晨，就像是此前的某一次。等待了很长时间后，铃声再次响起。好像有什么，或是有谁在移动，总之是在这个安静的公寓里。他拖着沉重的脚步，摇摇晃晃地走向门口。

离门很远的地方，他紧贴在走廊的墙上，穿着一件烟灰色的大衣。紧致的领口上面，立着一副消瘦的、苍白的面庞。下巴上长着凌乱的、黑色的胡茬。他显得十分痛苦，灰暗的眼睛却很有神。

他们相互对望了许久，还在相互看着，他们谨慎地看着对方，都在等着对方先醒悟过来。

"他们杀了我的妻子……"这个烟灰色的小个子低声道。

周围长时间的安静，如有一层薄纱覆盖在地面上。

"他们杀了我的妻子，我本想……我本想告诉您的。"

"进来，请进。"另外一位结结巴巴地说道。

大衣挂在了衣钩上，手提包放在了门边，鞋子拎在手上，他的手在不停地抖动。下巴上凌乱的胡茬……整张消瘦的脸庞上满是黑色的野蛮人般的胡茬。他没有等主人邀请，便直接坐下了。他飞快地、断断续续地讲述着，他的话语有些迟疑犹豫。沙哑而全新的嗓音，断断续续，打破了宁静。

星期二的早晨，1985年3月16日，他的妻子在医院去世了，就在上周。根据去年颁布的主席令，如果已有4个孩子并且超过了40岁，就有权进行合法堕胎。医院的程序手续需要检察院的批准，然而根据新的条文规定，该手续推迟了，而且目前尚不清楚，是否增大了年龄的限制。直到最后，所有文件在星期五都签好了字。医生考虑到他妻子的病情并没有那么危险，因此确定了下星期一再进行手术。然而，星期一的中午他的妻子已经死亡。但直到星期三丈夫才收到通知……"我承诺了给这禽兽钱，当然了，我知道应该这么做。钱，钱，钱。他看我穿得这么破烂，就觉得像我这么穷的人，肯定拿不出钱来。一群穿白大褂的禽兽！他们想干什么，救死扶伤吗？狗屁……一个个只想着捞钱。全都烂到根儿了，您看！一个腐蚀一个，都想象不到，这群猪狗不如的东西。他们互相打掩护，星期六值班的护士早早就走了，要是没有特别严重的情况，星期日值班的医生根本就不来……全是这种事儿！我和隔壁床的几个女人都聊过了，她们都知道是怎么回事儿。我写了报告，他们谁都跑不了，一个都跑不了。"

工人纳努·瓦伦丁从手提包中，抽出一叠厚厚的文件。医学证明和死亡证明，医生和护士的记录，与该医院病房其他怀孕女人的交流记录，给首都卫生局的报告，给卫生部的报告，给最高法院的报告，给最高检察院的报告，给世界卫生组织的报告，给罗马尼亚东正教大主教的报告，给联合国秘书长的报告……

他对如此长时间的到访表示歉意，他本不想上门打扰……只想请求……是否可以……请夫人……是否夫人可以……如果夫人最近还去墓地，去看望那位诗人的话，可不可以也顺便看下纳努·瓦列里娅的墓地。也好让这位可怜的女人感到欣慰一些，他常常和她提起这位美丽的夫人，还有这位十分正派的先生。

丈夫本不同意去墓地探望，但有一天，他还是和妻子一起去了。他在墓地的附近来回来去闲逛了许久，直到走到了那两座墓地。在这位朋友不大的光秃秃的墓前摆放着花束。他也找到了另外一座墓，在后面喷泉旁边。巨大的、庄严肃穆的黑色大理石板上满是蜡烛与鲜花,他们快速地放下一捧铃兰,然后就离开了。

同一天的夜晚,这位客人又现身了。时间很晚,在晨曦前,还泛着混沌的时候。他穿着套装,戴着领带,胡子刮得干干净净,没有过多的动作,犀利的眼神。他详细地解释着他想重新组织管理墓地的意愿。干净,有秩序、有管理,明码标价,限制时间,却更为便利。提供附加服务,找更称职的职员。这是一项严格细致的项目,是经过深思熟虑的……

在接下来一天的夜晚,他也来了,又讲了一些其他的细节。再之后的夜晚也来了,阐述了更为详尽的细节。

夫妇二人都变得更为易怒,更容易生病。他们似乎在避免相互对视,他们也很少相互说话,除非很有必要的时候。晚上,有时候,他们会相互依偎,蜷缩在一起,但仅仅是片刻。很快他们就会分开,各睡各的,有些抽搐紧张,一个在左,另一个在右,都在床的边缘。

有时候,算是一种礼尚往来的表现,丈夫会很主动地去拜访,去看看他的那位客人,看看他的新工作岗位如何。

夜晚,墓地也依然很明亮,非常的有序,每块墓地都照料得很好,每个区域的线路示意图很明确,编号也很清楚。鲜花,自助小食,衣帽间——井然有序、完美无缺。公共设施的组织运转也很高效,仅针对夜间开放的时间安排,也很合理,这样人们就可以不再浪费工作时间,也能够做到不忽视工作与家庭。就是价格有点高:门票100列伊。然而这个价格很公正,毕竟这是对高质量服务的回馈。此外,这个价格是唯一的,不存在例外,无论年龄、性别、社会阶层,都没有任何的差别。人情世故、招摇撞骗、弄虚作假,在这里都行不通，从一开头就有严格的限制。最终也就保障了盈利、资金的筹集，那些活着的或是死去的人整体的利益。不然，则会引发混乱，造成破产，从而带来各种各样的麻烦。

确实，在短短的时间内，进展卓有成效。他已经准备好要和朋友好好地聊上一会儿，正如此前一样，正如此时此刻……聊什么都行，在这里，害怕是毫无意义的。没有信口开河与废话连篇，因为时间紧迫。他继续着他各式各样的工作义务，这位组织者解释着，他有些害羞地将大手掌穿过他那刷子一样的头发。他所关心的绝不仅仅是如何照料好这一块块的小墓地，而真正需要关心的是躺在里面的人，谁没有了谁都不行。要保证完完全全的宁静，安静，恢复原貌。下一阶段则是修复重建，我觉得您理解了，重建与准备。我们常和他们提及此事，我们要为这个至关重要的时刻做准备。他们在这里能够收获一份宁静，他们也能够理解为什么会被打败，如何夺回自己的时间。他们比我们有更多的时间，他们拥有宁静，他们终将会回报我们的努力，一定会的。我们和他们每一个人都聊过，我们帮助过他们每一个人。我们做了很好的准备，您会看到的，他们会开始行动的，您会看到的……这样的宁静，是他们向往已久的，要保证完全的修复，您要知道。

确实，他的面容很坦然，脸上也写满了确信与坚定。他那张轻松愉悦的脸庞，占据了整个屏幕，充满了面对未来的坦然。

确实如此，深深的平静与坦然。这份坦然沸腾至顶点，满屏幕都充斥着红色的水蒸气，什么也看不见，屏幕在火光下挣扎颤抖。

然而早晨又一次地到来了，新的一天，不知道又会发生什么，透过像是日历一般的大窗户。嘀嗒，床头柜上的蛤蟆有节奏地响着。

"又瞎了,是另一扇窗户。另一扇窗户坏了……瞎了,瞎了。"低沉的嘟囔声重复了一遍又一遍,疲惫而困倦的声音。

孩童般的嘟囔声,这跳动的声音再次开启了新一天大滚轮的转动。

风　衣

"现在，报告不用在办公室里展示了，流程已经变了，已经找到一个更为新颖的解决办法。"在几周之后，亚历山德鲁一世·斯托扬将会跟他的朋友，那位实在人这样解释。

"在私人的住所？与情报人员的特别谈话？什么意思？更为轻松，没那么紧张的谈话？"另一位实在的女人或许会这样问，是这位实在人的妻子。

混乱不堪……混乱时代的一片混乱声音，是这时代的低语。喘息、纷扰、凝滞，都被称之为这个时代。

"当然了，得到了住户的同意。值得信赖的人或是有此职责的人，一对钥匙，以及计划好的会面。"他还将明确细节，他的话语很规范，简明扼要。亚历山德鲁一世·斯托扬，他还被称为阿里。

这个时代的声音在各种声音中越来越大，当前，响亮而刺耳的声音相互交错，这个讲述者是否在观察着这混乱的音色与嘈杂？

"对，当住户不在家的时候，就算没有得到他们的同意，也可以使用这些住处。这或许是可行的,但我不这么认为。"谨慎的阿里将会含糊其词地抱有怀疑地加上这么一句。

然而全部这些都还是属于未来的。未来,是否充满着不确定的变化?

又小又快的未来,已然是现在,已然又过去,已然是小的,缩得更小,又变得巨大。

暂时这个词意味着星期日的雨夜。密集的倾盆大雨,一片黑暗。城市坍塌至地下,在地下几十米,几百米。幽灵鬼魂被这黑暗埋葬在地下,被大暴雨的轰炸碾碎压扁。

斯托扬家的车十分艰难地前行着,在一片漆黑与潮湿的道路上艰难地前行着,开向藏在夜晚与命运中的道路。

"最终,还是无法避免的,你们总是找新的借口,然而你们也无法脱身。"伊万娜继续着她那挑衅的话语。

后面的一对沉默不语,伊万娜仍然不依不饶。

"我很高兴,还请你们原谅我。对于别人的不幸,我是不是感到很高兴?现在,至少我们不是一个人,我们得一起去忍受那无聊的会话,以及贝尔代亚努夫人的装腔作势。"

"是的,但是会有补偿的。"驾驶位上的丈夫插了句嘴,"吃的、喝的、音乐。可别忽略了这好的方面!可别忘记这积极的方面,老师同志,积极的方面可是教育的目标,尊敬的同志。"

"好几年以来,这拜访都不复存在了,你们发现了没有?"伊万娜采取了刺激的策略,就像她的丈夫一样,"一个像我们一样的拉丁血统,对聚会和聊天上瘾的人!疲惫、沮丧……真是让你都没什么可去的。还有路途遥远,公交车稀少……兴致,主要是兴致,已经失去了见面的兴致。所有人都在窝里待着,尽可能地避免出来。这我们就要感谢一下，我们尊贵的主人了。这可是一个少有的机会，我们能出来走走，这可是真正的冒险。"

"我……我很早之前就接受了。"费利恰那柔弱的声音从后座传来，"这么多年以来，他们都始终坚持。最终，不过是个礼节性的拜访，然后就完事了。别让人家觉得我们反对他们，问题就是……"

"问题就是这个小孩子不愿意，我知道。这男孩儿可受不了迪夫人，我知道，他唠叨好多次了。他受不了她，对她的丈夫也是敬而远之。预防措施，我知道。卫生保护，对，我知道这个解释。我们倒也不是对贝尔代亚努家爱得死去活来。阿里还是无法拒绝巴济尔，他们是编辑部的同事，无法拒绝。"

发动机猛烈地转动着，在充斥着黑暗的道路上，大灯照出了短短的光柱。车辆小心谨慎地前行着，那又长又黑的道路，一直蔓延到城市的另一端。它就像是个潜水艇穿过了升起的楼宇，只一瞬间，就穿过了广袤而可怕的海底，难以想象的广阔。而这里，在这个移动的胶囊中，氛围还算是愉悦的。伊万娜剪了头发，像个男孩子一样的短发，看起来还是不错的。费利恰穿了件新的马海呢黑色毛衫，带有很漂亮的条纹，意大利式的。在这个缓慢的水下小船里，很有意思，不是吗？与此同时，周围大自然增添了它生命力的壮观景象。

"巴济尔很了不起，我跟你们说。"司机阿里充满活力地说道，"两周之前我和他一起去了农场，在布加勒斯特的附近。农场主是他以前最高政治课程的一位老同学。他给他提供鸡肉，当然不仅仅只有这些。当然了，他时不时也需要巴济尔。记者，首都，你永远都不知道。他给他提供鸡肉，也包括一些最新的笑话，关于，关于……你们知道是关于谁的。他给巴济尔打电话，说要让农场的车去接他。但巴济尔说不用，不用胖子，算了，我们自己能找得到。"

"哎，记者，首都，谁知道呢。"俊俏的费利恰温和地重复道，为了证明她也参与其中。

"你误伤到我了，可爱的女士。我也是个记者，恰好我也住在首都。"

"不是在说你，你当然知道不是在说你。"

"好的，费利恰，好，记住了。当然了，巴济尔邀请了我去打猎，去打些鸡！当然，很难拒绝。别说鸡了，就连麻雀也能接受，在今天，为了能不白天黑夜地排队。因此我们星期二的早晨出发了，开着巴济尔的车。我很诧异，很想知道车开到一半该怎么办。毕竟现在人们为了一滴汽油，都做好了杀人的准备。每个月30升？连去上个班都不够用，当然了。当然了……"

一阵沉默，气氛有些尴尬。对于今晚汽油的消耗，他会不会是在含沙射影、指桑骂槐呢？伊万娜仓促地在小包里面翻找着什么，看起来就好像没有听到后面所说的话。真是失礼，阿里立马感觉到了，但他也没法再做什么弥补，因此也就继续着他原本的节奏。

"在下一个加油站，我们停车。"

当然，贝尔代亚努同志拿出了记者证，开始解释他们有任务在身，需要些汽油。加油站的人可不听，他们对这样的把戏早就免疫了。必须得塞钱才行，有时候甚至连塞钱都不好使。记者可撼动不了他们，在这里，党都不好使，什么都不是！他们早就麻木了，当然了，对一切都麻木了，得发明点儿什么如雷贯耳的，得让他们从麻木中惊醒。阿里当仁不让，肯定的。他依然坚持着，最后，他要求给亚当上校打电话，这个区域经济警察的头儿，所有人都知道他。当然，他们没有等他打电话，当听到这番话的时候，油箱就已经加满了。这就是阿里，简直无坚不摧！你们知道他怎么介绍自己吗？他可不是瓦西里·贝尔代亚努同志了，而是用了其他的名字，巴济尔！很短的名字，很像美国人，一听就是外国名字……但是形式的确是这个时代最流行的，最美国化的。巴济尔，记者。你们怎么想呢？当然，他们在另一个加油站停靠的时候，重复了刚才同样的操作。当然了，回到家时，油箱还是满满的，真是无坚不摧！温和善良外表下的某人，要知道，有着如此可怕的能量。恰好他的房子也是，在使馆区！你们将会看到的……吃的也是，喝的也是。你们甚至会忘记我们生活在何年何地，你们会看到的。

"别废话了，专心开车！下这么大雨，天又这么黑，怕是我们醒来的时候，车已经撞烂在树上了。"伊万娜像个老师一样训斥道，"真像是战争时期，到处都是伪装，一片漆黑！这条街的楼房里，电梯随时都可能会停，你都想不到会在什么时候。小孩子们都不敢进电梯了，你们知道吗？索林，我们的孩子反复朗诵着给小孩儿背诵的爱国誓言：'我们什么都不吃，我们将长大，变强壮……'"

一阵大笑，这是新的笑话。讥讽，笑话，是这个时代的缩影。在他们的周围，是大自然欢乐而急迫的力量，然而在这里，在这阵雨雷中，是一阵突如其来的轻松，有如深渊中的光明，似乎是很深？伊万娜穿着新的套装，戴着长白的手套，相比于司机所起到的缓和作用。她像是马蜂蜇人一样的恶毒，费利恰无产阶级人民的微笑，她那清澈的嗓音，就像广播员一样……时间在寻找着它的人格。

"这正是他们想要的……"这只马蜂继续说道。

他们，也就是他们，也就是他，我们都知道是谁。

"然而如果我们一直说关于孩子的……那这个孩子怎么办？他

一句话都没说，我们的唠唠叨叨都让他感到无聊了。"

"啊，不，不会的，完全不会的。"后排传来结结巴巴的男低音。

"啊，呃……那么你也说点什么吧。可怜的巴济尔，实际上，他也就是某个小猪崽子，而不是个大猩猩。然而迪娜·艾斯贝格……或许是这么称呼她，对吧？"这只马蜂继续对着后排的先生说道，这位先生漫不经心地望着黑色的流着雨水的车窗，"艾斯贝格，更为准确地说，是艾斯，是冰，阿里是这么称呼她的，他也是个挺懂冰箱的人。他能冻住她所触碰的一切，或者，完全相反？谁也不知道……说不定正好相反。哎，你觉得呢？毕竟你们都是来自同一个城市，毕竟你认识戈尔德贝格小姐很久了，还是萨尔茨贝格？是不是叙斯贝格，好像是叙斯贝格……"

"哦，哦。"费利恰尝试着停止攻击，"你们要知道，迪娜是很高看他的。我平时和她见面很少，然而我们一旦见面，她的第一件事就是跟我说他，一遍又一遍地说……他在中学的时候是多么的出色，是当地市里的明星，或多或少，诸如此类的。"

让人意想不到的是她所说的人，恰好就在这里，而这位听起来似乎不在场的人，可能是真正的倾听者，唯一倾听所有声音的人。

"嗯，啊。"伊万娜重复着，都没有回头看一眼，而是突然专注地看着风挡玻璃和方向盘，"为什么呢，那么，这位男孩儿不想再见见他的老同学吗？这里面肯定有事儿啊！要注意啊，费利恰，肯定有事儿啊。"

"不，这次不想。这一次，是真的不想。"听得到费利恰孩子般的笑声，"不，不，我们尽可能避开新的班级，就是这样。"

又是一阵尴尬的沉默……这样影射的话语也会传达给斯托扬家

吗？不过就是一句蠢话，谁知道呢，然而伊万娜倒是很急于反击。

"或许是青春期未了的爱情，谁知道呢，这可是最危险的爱情，要是在别的年纪死灰复燃了，那可是核爆炸，是灾难，是世界末日啊！谁会知道呢……这位小孩子怎么看，这位小孩子有什么见解？"

这位男孩儿，这位小孩子，这位实在人，学者，长时间地沉默。

"不危险，一点儿都不危险。年轻时候的疯狂事，我都干过了，也就是说，差不多所有……"

"哎，别再吵了。"这位沉默的女人，有些庇护姿态地恰好再次打断了他们的对话，"你们可别忘了，你们答应我不去太久的。跟你们说下，我明天一早要坐火车回去。不然我星期二就回不来了，星期一，只有星期一，领导只批准了我星期一的假。你，伊万娜，你可是知道那位'火柴'同志的，你可要注意别待太晚。"

接下来是一些关于费利恰母亲的问题，她住在多瑙河畔的一座小城市，生病了，还解释了因为年龄太大的原因，医院，救护车都拒绝接收。夜晚混杂在一起的声音，嘈杂声、回避、幽默、宽容，还有计谋策略……伊万娜狠毒的讽刺，阿里中立的策略，还有费利恰冷淡的沉思……瞬间的壮观景象已逝去，深深地喘息，瞬间听不到的，又再次来到，机遇与巧合，回响与问题，都充满着不确定性。

斯托扬的车小心谨慎地前行着。直到靠近了湖边的住宅区，亮着灯，看啊，多么宽阔的公路，多么优雅的街道，广阔而宁静的风景。看啊，还有哨岗，前面站着的几个守卫在大雨的寒冷中瑟瑟发抖。大路，小道，相互交错，通向花园和别墅。

武装的守卫突然出现在车的面前,车差点就没刹住。阿里摇下了车窗,守卫俯下身来,检查了身份证,听了他的解释:贝尔代亚努家,在大使馆的后面,在院子里面,在后面,朋友,邀请,聚会。是的,和贝尔代亚努家认识,女士,先生,也就是贝尔代亚努同志,当然。标准的敬礼,好的,可以通行。

"不是美国大使馆,也不是法国大使馆,只不过是加纳大使馆,不过也不错,你们会看到的。"阿里鼓励起所有人。

车向左转,开过哨岗,进了院子,到了后面,在枝繁叶茂的树林旁再向右转,到了。

"到了,这儿就是了。这里,这栋房子。"

此时大家还有些犹豫,没有勇气离开车辆,有些犹豫不决地看着外面,黑夜闪烁着微弱的荧光,来自深空,来自浑浊的深海,没有星星,也没有月亮。

"好了,快,都上岸了……"伊万娜命令道,"头都塞到雨伞下面,塞进大衣里,我们走。只有几步,快,快,几步我们就到岸边了。"

确实,只有两步,三步,四步,五步,他们就到了门前。阿里,重复用力地按了一次,两次,三次,四次,五次门铃。

沉重的大门,实木的,很快地打开了。在门口,张开长长的双臂,是巴济尔先生。

"哇,真高兴你们来了!天气真是太糟糕了……来,脱了外衣,把衣服挂在衣钩上。家里暖和,什么都有,我们忘掉这天气吧。外面还下着暴雨,家里却安静祥和。来,来,请进,请进。"

确实,祥和、温暖、大大的电暖器片,走几步就有一个。家里也很大、很明亮，家具也是，是的，是的，白色和粉色的家具，你看，谁能想到呢，在当今的日子里……如此优雅、如此差的品位，以及幸福友好的氛围，不是吗……看啊，是迪娜，从卧室走下了楼梯，穿着长长的连衣裙，包着同样，黄色丝绒头巾。

相互拥抱，怎么……只有小孩子将这节日的无用时刻给搞复杂了。迪娜走向了他，就像是见到一个久别重逢的亲戚。她径直地走向他，微笑着，张开长长的双臂，就像是在演戏一样，然而客人却只伸出了……一只手。他从来都受不了她，这个装腔作势的稻草人，就连最细小的动作都是编排好的，戏剧般的夸张，不，他可从来都受不了她。然而迪娜夫人没有失去镇定，她颇有礼节地伸出她那修长的手。这位男孩深深地弯下腰亲吻了她的手，然后，他的小手掌长时间地拉着她那修长的手指，像是在仔细研究她那修剪过的指甲，终于，他接受了一个简短而正式的拥抱。

"你们是第一次来，"迪娜转向费利恰，"我来带你们看看家里。"

总之他们参观了家里，瓦西里的书房，妻子的闺房。"以前就是个工作间而已。"主人谦虚地介绍道，她把房间的门稍微打开了一点儿，里面就是沙发和镜子。厨房，是一个巨大的房间，有很多闪闪发亮的橱柜，还有一个大冰箱。"现在，要是没有个冰箱可不行，因为没办法随时去街角的商店，直接买到想要的东西，得像野人一样，在山洞里储备食物。"客厅、卧室、奢华的浴室，有白色和粉色的瓷砖。一切看起来都完美无瑕，干净、闪亮，令人身心愉悦。

"威士忌还是伏特加，我们先喝哪个？"巴济尔重新回到了主人的角色，"两个超级大国！你们选哪个？选帝国主义吧，对吧。

我们早就厌烦了老大哥，我们还是喜欢帝国主义。仅仅是暂时，此刻！都是，全都是些猪猡，对吧，然而这就是人嘛，总要有些新的幻觉。那么，就喝威士忌？"

男人们表示赞同，女人们则有些犹豫。

"哦，如果你们想的话，我们给女士们准备了利口酒。古巴的利口酒，特别的棒，来吧，或者，来杯马天尼。你们想来杯马天尼吗？来一杯吧。"

费利恰笑了，没错，她更想来杯马天尼。伊万娜却嘟起了她薄薄的嘴唇，她拒绝了，不，伊万娜更想喝伏特加。

"那么，请允许我加入你们，以老派斗士的身份。"巴济尔同志颇具绅士风度地说道。

从厨房里，迪娜夫人走了出来。她推着一个有轮子的小桌，上面放着一个大大的银托盘。小三明治，小小的，手指大小。小小的三明治，有鱼子的、沙丁鱼的、奶酪的、火腿的。她在每个人面前推过，伊万娜、费利恰、阿里、巴济尔，还有那位实在人。每个人都拿了一块，不，而是两次的欢愉。尝了一口，笑了，惊讶，开心，惊呼。这位实在人也点了点头，嗯，太棒了，缄默不语的实在人也称赞了起来，他专心地看着女主人的手。吃上一口，便是满嘴的欢愉，唇齿留香。瞬间的、芳香的、罪恶的，满是欢愉的瞬间。再来一个，没什么，再来一个，没有人能够抵挡这诱惑，嗯，感叹的词语就很有说服力。确实，同时还流着口水，满是欢愉和口水。每个人都会再拿一块，一块又一块。

迪娜又从厨房出来了，另一张有轮子的小桌，另一个银托盘。小馅饼，小小的，刚从烤箱里拿出来的。又软又热的油炸馃子，有奶酪的、肉的、菠菜的、胡椒的、页蒿的、瓜子的、茴香的、辣椒粉的，嗯，又软又热，入口即化，爱抚着你的口腔，点燃你的口腔，让你沾染上这种快乐，没有人能够拒绝。伊万娜、费利恰和阿里，每个人都拿了一块又一块，快速吞咽下这份刺激。伊万娜、阿里、费利恰、教师、巴济尔，还有迪娜，拿了一块奶酪的，又拿了一块，太好吃了。再一次，费利恰、阿里、巴济尔、伊万娜还有实在人，再次称赞，点头，嗯，太好吃了，所有的这些，都太好吃了，对吧，这位小孩子也想这么说，这个眼睛贴在女主人的手上揭不下来的小孩子。

又来了一轮威士忌，当然了，还有马天尼。甚至连迪娜都开始喝马天尼了，真是不可思议，气氛更加的轻松，对吧，大家都更放松了。他们开始谈论起了日常的生活琐事。买面包得排队，买牛奶得排队，买卫生纸，甚至连买牙签都得排队，种种诸如此类。拥挤不堪的公交车，夜晚黑灯瞎火的马路，供暖不足的家，武装的巡逻警卫，精神疾病，流产，老旧的富人区拆迁，还有爱国主义。然而还有刚发生的，出版界的丑闻，那个绝妙的、颠覆性的诗歌，这首诗歌是怎么漏掉的，审查员们那么多双眼睛呢，"我们是植物的炼狱"，太绝了、太棒了，surprise[①]，这位漂亮的、美丽的，有特权的人，是如何写出这样的句子的，她是如何出版发表的，又是如何被批准的，一定的，有人批准和包庇，肯定的。所有等级都复杂极了，当然了，我们这就是这样，永远都不知道谁，什么，怎么，为什么，都在下面走后门，这是千百年来的传统，传统与革新，对吧。还有独裁，还有贫穷，猜忌与怀疑，恐惧，普遍的隐瞒包庇，还有小孩子们的厚颜无耻，对，对，还在上学的小孩子们的厚颜无

---

① 英语："惊喜"。

耻。割裂的灵魂，在妈胎里就是了，割裂的灵魂，一定的，他们熟知这其中的门道，欺骗、虚伪，在娘胎里就是了，当然了。还有西方，充斥着消费与表演的欧美国家，野蛮与文明的西方，天真、自私、没有希望，毫无任何希望，有限，终了，毫不担忧，当然了，他们不放弃他们哪怕最小的癖好与虚伪，肯定的，我们确定，一定是这样的。在他们那里是金钱，在我们这里是谎言，对吧，确信我们的诅咒，就是这样，肯定的。

又来了一轮威士忌、伏特加、马天尼。他们上了餐桌，面前的托盘里是鱼肉。

一条长长的鱼，肚子很大，还有一条短一些的鱼，肚子也很大，够所有人吃了。肉质红润，刚刚从烤箱里拿出来，泛着白色、粉红色的鱼肉，上面覆盖着柠檬、盐粒和胡椒。酒杯欢快地碰撞在一起，好似水晶的声音，确实是来自波西米亚的货真价实的水晶。还有水晶般的葡萄酒，上乘的，像油一样的金黄。还有煎小牛肉，红润、细嫩，深陷在浓郁的、美味的、各种香料的酱汁里，嫩滑的，香气四溢的肉质，浓郁甘美的红葡萄酒。高高隆起，颜色新鲜的沙拉，沉甸甸的餐具。众人越发地安静，大家吃得太饱，肚子鼓囊囊的，昏昏欲睡，意识模糊。迷茫、困倦，却还在坚持地赞美着，很是疲倦，对吧，却还在虚伪地赞美着主人，尽管所有人都知道，为了准备这节日的菜肴，迪娜夫人有一位德国老厨师。疲倦地赞美着，有些累了，对吧，肚子也累了，懒洋洋的思绪，昏昏欲睡。

"休息一下，休息一下！"阿里喊道，"无论如何都要休息一下……"

确实，大家去了另外一个房间，喝些咖啡、白兰地，吃些点心、干酪，闲聊着。

"给你们放张唱片吧,怎么样?"这位不知疲倦的主人,巴济尔问道,"你们想听点什么……蒂娜·特纳还是迈克尔·杰克逊,一定的。或者是某个法国女人唱的,雅俗共赏的小调片段。或者你们想不想听听小野洋子,日本的缪斯,或者是'同性恋列侬',Lemon①,那个吸毒的'柠檬'。或者是古典,来点儿古典的,安妮·索菲·穆特,老卡拉一手调教出来的新星。卡拉扬,卡拉阿道夫,卡拉纳粹,和Fräulein②穆特一起,是的,是的,一定的,很特别的一对儿,嘿嘿,哈哈,一定的。或者你们想不想听听以色列的,最好的,祖克曼、帕尔曼、巴伦博伊姆……或者是其他的,野蛮的东方的?你们知道他们怎么说奥伊斯特拉赫吗?当问到美国佬,谁的小提琴家更好,苏联的还是美国的。你们知道美国佬是怎么回答的吗?"不知疲倦的瓦西里·巴济尔·贝尔代亚努同志,还坚持地看着迷迷糊糊地听众们,"啊……都好,两个都好,但都是我们来自敖德萨的犹太人。有道理,哈哈,这就是他们的回答,对吧。"

威士忌、伏特加、前菜、鱼肉、肉排、沙拉、白葡萄酒和红葡萄酒,还有蛋糕,还有干酪,还有白兰地和咖啡,对,对,还有咖啡,天然的,真正的咖啡,还有上好的香烟,进口的,还有古典音乐,对,对,在这种疲惫的时候,只能放些古典音乐。一切都很棒,对吧,是的,没错,非常棒的水果,还有装潢,还有美食,还有畅所欲言,一切,所有都很棒,当然了。非常棒的主人,对吧,他们不辞辛劳,很完美,自始至终都在尝试着不要凸显出盛大节日般的气氛,好让大家感到更为亲近,不那么拘束。很难,很

---

① 英语:"柠檬"。英国摇滚乐队"披头士"成员,约翰·列侬的绰号。
② 德语:"小姐"。

难让……富有很难让人们聚拢在一起，反而会让别人更加恼怒与不悦。舒适的家，满桌的饭菜，轻松愉悦的气氛，让我们感到舒服一些，让我们忘记了那些麻烦、恐惧、令人后悔的事情，对吧，但是看啊，尽管如此，看啊，嗯，就是这样，你也没什么办法。

谈话声渐渐熄灭了，虽然主人不遗余力地努力着，很有耐力的主人，也很有经验，像是受过训练一样。

"你，费利恰，你还经常去教堂，去犹太教堂吗？"迪娜又开始说道，"你还觉得只有去那里才能看到有意思的面孔吗？你有没有放弃绘画？伊万娜跟我说你还在坚持，还没有放弃。我能感同身受，你作为一名绘画老师，在某个技术学校教课，还在市郊。尽管如此，你依然没有放弃绘画，我确信是这样的。我不是在问关于宗教的，我明白这是关于美学的思考。"

小可怜迪娜，真是令人无法忍受，尽管她尝试着要表现得平易近人，然而她还是克服不了这不善沟通的弱点。对吧，她就是不能，她所做的一切都显得很平庸、很普通。这也就是为什么她掉进了瓦西里这个陷阱，对于平庸普通的吸引，对吧，突如其来的慰藉，会有人帮她处理好社会关系。每天的工作，相互的帮忙与赞美，让她感到舒服，这所有的一切。

费利恰简短的回答令她感到困惑。一旦出现拒绝友善地接纳她那虚伪的无知，她便会不知所措，突然不知道要怎么才能继续演下去。然而却没有看出来，对吧，她便转过身去，和另一个人攀谈。

"一直以来我都欣赏你的率真，伊万娜。俗话说得好，表里如一。阿里可真是太幸运了，当今的主妇可都没什么时间，然而你呢，教学、刺绣、腌菜，什么都没落下。你得有多少精力和耐心才能教那些农家的小孩儿们，那些未来的技工，教他们英文的发音！

我都能想象得到学校的工作，家务活，还有带孩子。你真的是冠军，你就是英雄，当今杰出的代表！"

虚情假意的话语，她本想说得简单些、亲切些，却显得有些做作，像是在背诵，这都是因为她不擅与人沟通的原因，对吧。这是瓦西里的成功，瓦西里之于她是有用的，是必要的，也因此让她满意，百依百顺，谁知道呢。她习惯了瓦西里这个陷阱，她也清楚他是个陷阱，她最后终于明白了，对吧，但她也已经习惯了，对，对，很舒适、很慰藉。她尝试着同阿里，同丈夫开玩笑，却只会让人感到同样的不合适，甚至有些不快，她这个小可怜，令人难以接受，尤其她那十分生硬的装腔作势。她的话语仅仅没有触碰到那位学者，她放任他的乖戾任性，没有要求他的参与和回应，没有，什么都没有，没有去打扰他。而那个小孩子，整个晚上一句话都没说，但他却听得十分专心，能够容忍并接受这一切，他总是在点头，一直看着迪娜的那根粗短的手指，左手上面那根粗短的手指。看起来他想要确认这根手指是不是相同的，很久以前他所知道的那根手指。精致的双手，细长、修长、略带紫色，微微发红，是血液的循环，对吧，血液循环不是很好。精致的双手，然而左手则不然：粗短、肿胀，像是被截断了。精致的双手，修长的脸庞，也很精致，略带些蓝色，东方的苗条与纤瘦，富有弹性，很漂亮，还有左手的那根，丑陋的手指。无论她怎么变化，对吧，但她那根丑陋的手指，始终都和他记忆中的一模一样，时间并没有改变这令人痛苦的细节。

很晚了，确实很晚了，费利恰对着伊万娜做出了很是绝望的动作。一早的火车，行程，母亲，医院，那位"火柴"领导，只是她保证过不会待太晚。

巴济尔也感觉到，或许有打扰到别人。他知道，肯定的，客人们回到家后定会讲些坏话，尽管如此，他们还是会认为，这拖延了许久的会面是成功的。一个丰富愉快的夜晚，完美的主人。简单率真，没有装腔作势，很亲切，大家都很专注。客人们还会认为，大家都是很有礼貌的，对吧，也很真诚坦率，他们会这么认为的，一定会的。

他喝下最后一口白兰地，在口中停留了许久才咽下，有些忧郁地说出了他的安排，颇有些坦白的感觉。

"你们想怎么样，我是个活动分子，是个独立自由的活动分子。别，不要反驳我，我知道我在说什么！我又不傻，对吧。我不傻，可能只是有时候有些迟钝而已，但我不傻，对吧，活动分子，我就是。我也没办法，各得其所嘛。'Jedem das Seine①'，他们是这么说的……对，是的，我也懂一点点德语，对吧，不用惊讶，我也走过了世界的很多地方。我想说的是，这个故事并不是一些人认为的那么简单。不，不是那么简单的，对吧。那些认为新的社会阶级是同质的、简单的，都是错的。不，至少连秘密警察都不……不，这些人都不这么认为，他们是不同的。很多人把我们搞混淆，对吧。尤其是在过去的几年，人们觉得我们都是秘密警察，都是告密者。这在最近引起了广泛的愤怒，但这并不是真相，对吧。然而……我想说的是……啊，是的，看啊，我们从报纸上读到的党的活动分子是战后时期真正的英雄。或者说，是战后文学中真正的英雄，嗯，你们觉得呢？"

看着他的听众，他很是满意。听众很专心很紧张地看着演讲

---

① 德语："各得其所"，布痕瓦尔德集中营正门上的铸铁标示。

者,也很紧张地看着他那忠诚的观察者,无辜、震惊,还有这个小孩子参与的兴奋,以及这个学究的痛苦,就如突然从月球跌落至地面,然而还有这个研究员的愉悦,对吧,那种发现结论的愉悦。

"哎,生活中真正的英雄?或是文学中的英雄?以及,或者不是……时代的英雄以及战后文学中的英雄!我们常见到这样的话语。散布谣言,所有人都受够了这鹦鹉学舌般的重复。尽管如此!尽管如此……如果我们简单地想一想……这自相矛盾的说法是……是的,没错,这是真的!日日夜夜,甚至多年的时间浪费在会议和有目标的运动上……不可能的。然而当局却不愿意承认,对吧。因为一旦承认了真相,所有人都将意识到,那么,那么所有人都会看清楚,这些英雄们付出了无用且巨大的努力,为着一个无休止而荒谬的使命,对,是的,这些人就是英雄。慢慢地、渐渐地,或许我也看明白了这个……所有人都看明白了,对吧,那些抱有幻想的人,追名逐利的人,还有一道的同志们。当然,我也不是在和你们说我属于哪个阶级,我只是想说,这就是我,一个可怜的新贵,一个活动分子,一个战后时期的英雄……"

这位英雄说完了他的话,然而这位学者还在看着他,他有些被震撼到。他也想要尝试着说些什么,然而他的嘴唇飞快地颤动着,却没有发出任何声音。尽管,他想要说些什么,他挣扎着,却发不出声响。他便重新将头转向了迪娜,看着贝尔代亚努夫人的,那根粗短的手指,不再移开目光。是的,还是那根粗短、肿胀,像是截断了的手指,在左手上,像是青少年发育时期一样。时间没有提供给它特别的解决办法,对吧,没有任何解决的办法,你看得到!然而上好的葡萄酒,美味佳肴,还有一如既往的,甚至更加美丽的费利恰,有着一种谨慎与开朗的高贵,还有活泼、兴奋的伊万娜,还有慷慨大方的阿里，包括迪娜，也是恰如其分，对吧。众人的言谈举止也都很完美，对，对，还有瓦西里，挺着他威严的古典主义的肚子，对吧，还有他那成熟男人的胡子，灰白、浓密，还有他那浓密、叛逆、灰白的头发，活像个参议员，对吧，像个温文尔雅的老贵族，和蔼可亲，对，对，还有瓦西里。所有，所有人，都很棒，都很完美，对吧，轻松、愉悦，远离痛苦、绝望与恐惧，是的，没错，远离每天所发生的、日常的恐惧，对，对，放松，对，从体制中得到放松，对吧，那么一刻，挣脱、逃避的一刻，对吧，从疯狂而强烈的痛苦之中逃脱，丝毫不用在乎当前的局势如何。

当然，这个夜晚在相互握手与亲吻中结束，一个真正愉快而疲惫的夜晚。就连丈夫斯托扬，在一开始还很拘谨忧虑。嗯，谁知道呢，可能是不想显得太过开心，以免让别人觉得他和主人的关系太过亲密。然而最终，他还是释放了自我，开心、热情、喧闹，让人欣慰的是，所有人都感觉很好。看啊，来贝尔代亚努家做客也并非那么无聊，一旦你接受了这份关系，你就会很愉快地度过几个小时，当然了，当然了。热情地主人将喧闹的客人们送到门口，充满了关照与深情。听得到巴济尔先生那慈父般的粗嗓音："别落了什么东西，地上很湿，小心别滑倒了，路上开车小心，一定的，要小心，注意安全，要小心。"

在院子里，在车旁，这位实在人终于说出了，刚刚在主人讲完，想说却没说出来的话："法，法官！法，法官！"最后，这个小孩子还说着："太，太棒了，太，棒，了，对吧。法，法……"这位学者喝得烂醉如泥、结结巴巴，紧紧地抓着瘦高的阿里，同样烂醉的阿里，抓着他的胳膊。"完美，完美，当然了，当，然，了。"阿里赞同道。而轮到了小孩子，他也赞同着，强调地、清楚地说道:"太,棒,了,真的。"然后慢慢地转过身去,围绕着这架在等着他们的黄色的空气动力学宇宙飞船。

在驾驶位上的是伊万娜,她很生气,却神志清醒,蔑视着这群没用的男人,然而只有她神志清醒,掌控着局面。

雨已经停了很久了,空气很清新、清澈的夜晚,城市消逝在黑暗之中,消逝在困倦与星系之中。上空是星星与月亮的海洋,看啊,冰冷的、梦游般的、惨白的月亮,古老的、浓情蜜意的、充满魔力的月亮,不眠的、凶险的、警察一样的月亮,周围是温和的星星的海洋。这海洋在我们的上方,与我们混在一起,超越过我们,在我们的前方,规律与偶然。上空的月亮与星星,对于我们来说,在下面冒险的每一天,未知的、谜一样的地球,规律与偶然,明天、后天的奥秘,蜉蝣般的瞬息即逝短暂的生命。

正常来讲,星期一应该打个电话表示一下感谢。而斯托扬家的两人有些没精打采,似乎没什么兴致。疲惫,有些闷闷不乐,或许因为外面又开始下起了雨。

"我们得给巴济尔打个电话,表示一下感谢。"伊万娜建议道。

阿里的眼睛从打字机上抬了起来。

"我们感谢什么?我和巴济尔先生只不过是同事而已,我们又不是什么正式的关系。或许他还得谢谢我,我今天去拿了他那篇蠢文章,还得再给他送去编辑部,就是因为这位先生没有时间,他起得太晚了,而且还要去出差考察。"

"是的,但是迪娜夫人,她平时很高傲的对吧?你也看到了,昨天晚上她那么努力,可怜的女人,尽可能表现得不那么做作。她精心准备了所有餐具和装饰之类的,表现得那么谦逊!她会很惊讶的，在如此盛大的宴会之后，客人们都不再回……"

"我觉得他们现在也不好过，你要知道。巴济尔也在各种琐事中挣扎。以前，这对他来说都很容易，而现在，他也得操心每件琐事。都是琐事，当然了，各种琐事。"

"啊，我倒是没时间去怜悯他们。有太多人的情况比他们更糟。"

"那么，你来打电话？"

"我？为什么是我？你给她打，她会很高兴的。"

"你要知道，她在等你的电话。不然，她会觉得有什么没做好，你知道女人都是怎么想的。"

"我怎么知道？什么，就因为我是女人？好吧，等我洗完澡，晚一会儿再打。"

然而直到星期一的晚上，伊万娜·斯托扬还是忘记给贝尔代亚努家打一通电话。

另外的那一对，似乎也没有及时地打个电话，这个很有必要打的电话。

星期一夜里很晚的时候，费利恰才从省里回来，这趟旅程不是很愉快。她疲惫不堪，直到睡前才说了，这趟旅程种种不愉快的细节。火车上脏乱又拥挤，大夫冷淡而傲慢，母亲还一直哀号着，预感自己要不行了。

星期二，费利恰只在学校待了三个小时，便早早地回来了，好能休息一下。直到晚上他们才开始这推迟了的讨论。

"如果我们今天打电话，根据惯例来说也还不算晚。"从厨房里传来费利恰清澈而动听的声音。

"要是……不打呢？这样还没有开始就可以结束了。"男低音回答道，声音似乎是从他阅读的沙发椅上传来。

"都快五年了，你才同意去拜访他们。她一直都很友好，她曾提供给我画纸、画框和颜料。然而我呢，总是待她很冷淡，没有原因。只是因为你不想和贝尔代亚努家走得太近。现在好了，我们已经去拜访过了，起码我们得体面地画上个句号。"

"好的，如果你想的话你可以打。"丈夫同意了，走进了小小的厨房。

"我倒是一点都不想给瓦西里同志打电话。"费利恰说道，有些焦躁地将浓密的头发甩到背后。

"贝尔代亚努同志星期一早晨就走了，他出差三个星期，去农村有任务，阿里是这么跟我说的。很辛苦，对吧，前一天晚上还得洗碗。你知道瓦西里洗了客人们的碗吗？据我所知，他还真的是个模范丈夫。他悉心照料他的爱人，他买菜、做饭、还做家务，这样，真的是令人尊敬！但是他不在家，我确定。阿里昨天早上去给编辑部送了材料，就是因为贝尔代亚努同志没时间亲自去。"

"看他的履历……要知道，瓦西里应该是个很正派的人。也就是说，不一定要看履历，我想说的是，社会地位，你应该明白我想要说什么。"

"我明白，然而我并不感兴趣。反正他不在家，你尽可以放心地打电话。"

"还是你来打更亲切一些吧，会是个惊喜的，毕竟解铃还须系铃人。"

"你想太多了，相信我。我对于贝尔代亚努夫人来说是很奇怪的。年轻的时候就是如此了：那时我是省里的小明星，曾被寄予厚望。后来，成了年轻的学者，有着不可估量的前途，光明的未来。

再后来,他跳出了原有的道路。长大以后,并没有按照原来的道路继续发展,这个疯子突然就放弃了他的事业,就这样,像所有疯子一样。那么,你觉得他们为什么想要请我做客呢?就是想看看我这只少见的鸟儿!很奇怪的动物,对吧,疯子。好给平淡的生活加点佐料,让这生活的汤有点滋味。"

"有滋味,没滋味,你也不知道。在这个时期,瓦西里肯定也不容易。在如今,他的政治档案也有点皱啊,娶了个少数民族的妻子,还是最为……那什么的少数民族……你知道我想要说什么。种族纯净,可是中央选贤任能的重要因素!他们也没有什么了不起的,以前没有,现在也没有。先是在集中营,然后再回来,复杂的青少年时期,后来有了浪漫的故事,结果被驱逐出家门,可恶的老贝格,是个严守教规的人,然后就是接下来所发生的一切。和瓦西里一起的生活也并不是天堂!作为贵妇人,他用极其死板的仪式来保护自己,然而……然而她看你时,应该不只是奇怪。总之,你们从小就认识,应该有一种独特的、自然而然的怀旧之情。"

"那些游戏,在院子仓库里的游戏?不,我觉得我还是不要打这个电话,我说的每一个词她都会听得特别仔细,就像听来自月亮的声音。就好像,我突然就会追求她似的!这样,可真是荒谬的刺激啊。你知道那卑鄙的阿里怎么说吗?她得先挨上一顿好打,可能然后……否则的话行不通。不,我们最好还是放弃这礼貌的感谢,最好还是不要打了。"

聚会后的第三天,伊万娜·斯托扬还是打了电话,感谢了贝尔代亚努一家,尤其是感谢迪娜,让他们一起度过了一个美妙的夜晚。而九点左右,迪娜听出了费利恰那欢快的声音。当然了,还是惯例的感谢,然而她所发出的声音是如此的清澈、明亮……听她讲话，你会无法掩饰自己的喜悦，尤其是，对，费利恰刚好表现得很动情。

"对于我们来说，这可是一个与众不同的夜晚，很亲切的气氛……精致的菜肴……真的……真的很愉快。"

"哦，我们可不是对谁都如此尊敬。对于你们来说，这很特别的。我和你丈夫都有30年没有聊过了，你想想，有时候我会在街上偶遇到他，然而我们都没有停下脚步。他和我打了招呼，仅此而已。"

"哎，你也知道，他不是很善于社交……沉思……沉默……在你们那吃饭时也是。但他感觉很好，你要知道……他也喝醉了，很少见……放松……他还见了大家……是个隐士，对，他是个隐士。"

费利恰有些心不在焉地讲着这平庸的话语，她有些不情愿地加快了语速。

"现在，要是瓦西里不在，你要是感到无聊的话，或许你可以来我们家。"

丈夫差点没从沙发椅上跳了起来，当他听到这个邀请的时候，赶紧把手伸了向空中。费利恰没再说话，然而迪娜夫人及时地打断了她，听起来有些犹豫。

"我也不知道，我觉得可能去不了，我最近工作特别多。在过去的几年里，一切都变得很难，我每天都在法院，总是有诉讼。法律也总是在变，经常有新的条文，麻烦越来越多。机关里真正的战争，不只是人与人之间的。在法院也能感受到愤怒，你知道，不只是要排队买牛奶，律师们也都要喘不过气来了。啊，对了，我还想想问你……你们有落下一件风衣吗？"

费利恰很难再重新恢复平静，她的话语显得有些慌乱，她回答得很艰难，结结巴巴的。

"怎么，什么？应该没有，没有，没有，伊万娜，可能是伊万娜的，我不知道，什么？怎么，啊，没有，阿里，哦，对，也可能是阿里的，我也不知道。"

"就在那天晚上，谁落了一件风衣在这里。其实，我可能第二天才发现，下午，我回家的时候。早上我走的时候，当时我很累，很匆忙，我都没看周围。可能是阿里的，对，也可能是伊万娜的，我也不知道。我忘了问她，她今晚早些时候，刚刚给我打过了电话，可是我忘了问她。不，没什么重要的，小事而已，我现在打给她，我问问她。"

确实，迪娜·贝尔代亚努立刻给斯托扬家打了电话，然而没有人接。

差不多是两天之后，阿里才和她有说有笑地聊了很久，和这位正在出差的同事的妻子，最后，他也给出了同样的回答。

"风衣，什么风衣？不，不是我的……确实不是我们的。不，我不穿风衣。而且，我星期一的时候也去过你家，中午的时候，对，差不多是中午的时候，我没看到衣钩上有挂着风衣。哦，当然了，我也没太注意看，我确实没太注意，呃，我不知道，不知道。"

两天之后迪娜又打来了电话。

"伊万娜，你知道吗？我两天前和阿里说过了。不知道他有没有和你说……"

一阵沉默，很长时间，很长时间的等待，双方都在等待着对方继续。

"哦，不是什么重要的事情。我问了他关于一件风衣的事，不知道他有没有和你说……"

又是一段无尽的沉默,尽管如此,最终对话还是继续了。

"你问了他关于……关于什么?一件风衣?什么风衣?"

"我不知道,一件风衣,仅此而已。一件小破事儿,不好意思,我有可能有点心烦。就是第二天,你们来我们家之后的第二天,我在门厅的衣钩上发现了一件风衣。啊,不是早上,是下午,我回家以后发现的。我问了阿里,或许,是不是他的,他……"

"他跟你说了他不穿风衣,他确实不穿。我觉得他是这么回答你的,对吗?然而我的风衣就在这,在我们家的衣钩上挂着。对,我确定,应该不是我们的。"

"不好意思,原谅我,我确实是有点心烦,我也不知道为什么这破事儿会烦到我。就是小破事儿,就是这样,怎么说呢,单纯的感觉不是很愉快,不是很愉快而已,真的不好意思。"

"我懂,我懂,你都不知道是怎么回事,家里就多出个外人的东西,我懂,确实是很让人心烦。当然了,会弄清楚的,你别着急,在我们当今,谁也不会随便扔了什么东西就不要了的。肯定会回来找的,一定的,尤其是……尤其是,你们平时不太接触那些总是丢三落四的人,你已经问过了……"

"对,是的,我也问过费利恰了,我也跟她唠叨过这事儿了。"

迪娜,真是令人惊讶!然而仅仅过了一个小时,她便忍不住再一次打给另一对。

电话响了很久,很久,响了一声又一声……最终听筒还是被接了起来,虽然没有人应答,听不到一点声音,虽然最终听筒被接了起来。哦是的,尽管,是的,可能,对……对方很犹豫。

"喂，请问，哪位……"

"哦，是我，迪娜……"她很是慌乱。

她没有想到正是他接的电话，结果一时语塞，不知该说些什么好……现在，该怎么……风衣这件破事儿……不，这根本就没什么意义，对吧……不，不知道该从何说起，到底，想要说什么呢。

"你找费利恰，对吧？嗯，我不经常接电话。我，我要说些什么呢？没办法，这样，你也只能跟我聊，就这样。"

迪娜本想拒绝，这样的惊喜反而让她来了兴致，长久以来她都想……然而没时间了，他已经开始了他的独白。所有打断，反驳，对猜想与回忆渲染的尝试，所有的尝试都是无用的，这一切都来得太快，狂热地混杂在一起。

"和我这样的人聊天并不容易，对吧，我们很久没聊过了，确实很久了，当我们还是小孩子的时候了……过去的一段时光……况且那时候我也不太爱讲话，只有在贝格家院子里的，那奇怪的游戏，和你的堂兄弟，还有我的同班同学……他叫什么来着，他叫什么，斯努奇、穆奇，名字忘记了，但我却清楚地记得他，他的牙特别大，都长到嘴唇外面了。他是个很好、很可爱的男孩子，我听说他参军了，我真的没想到会这样，可能他也没得选，在这个太过古老又太过年轻的国家，所有人变得更加痛苦。对，是的，气候，阿拉伯人，潮水般新来的人们，战争，千百年来的精神疾病，现代的精神疾病。是的，我还能清楚地记得海姆依，啊对，这就是他的名字，海姆依，对，对，你的堂兄弟。在大院子里，有很多树，那个高高的仓库，我们爬梯子一直爬到阁楼，你想起来了对吧，两个过于早熟的，对，是的，人的一生……30年了，人的一生，从那之后就没再说过话，而实际正是如此，我们之间总是冰封着什么，不再有那样的激情与好奇,对,是的,我们失去了好奇,失去了游戏的乐趣,对吧,还有经验,对,是的,不再有激情,只有疏远,负担。每个人都裹在自己的传说里,裹在自己的棺材里,是的,僵死,不知所措……一个高傲的女人,为什么不能这么说,高傲、优雅、拥有特权,是的,蠢话,对吧,这样的蠢话才是最合适的……借此机会,这个始料未及的来电,谁知道我们以后还能不能……唉,我是个内向的人,可以说是个隐士,一种新的尝试,对,对,我不是太善于交际……希望没有冒犯到你,这是我无知的真诚,对吧,新的尝试,对,对,很痛苦,我想说,还有毫无道理,毫无道理,尽管这是同情的表现,我只和身边亲近的人才做这种尝试,是的,我一直在尝,尝……一个高傲的、没用的、愚蠢的女人,这就是我想要说的,这就是你所展现出来的……还有那些传奇,你离家出走或是被赶出家门的那时候,是在中学的最后一年,和瓦西里·贝尔代亚努同学轰轰烈烈的爱情,恰好就是和他,怎么就是和他,对吧,无法解释,无法,无,无法……懵懂年少的女孩,就是……无法预见到,我想说,谁会想象到那种无奈,怎么说呢,无法预见到未来,除了,除……即便是能够,对,对,即便是能够预见到,基本的与本质的都不变,对吧,那么,这就都不是问题,不是,不……你父亲也不是问题,可怜的老贝格,原谅我,那段不堪回首的……是的,无法预见到,是的,你父亲也是,但也不会有什么改变,不是吗……我们交流的机会很少,我知道,尽管曾经是个传统的女人,而突然就对抗起了传统……那么,我想说,当,你知道当……当父亲咒骂他的女儿,也就是说,我想说,咒骂,驱逐以及埋葬仪式,就仿佛他唯一的孩子死去了,对吧。就好像这位老人家他不知道,对吧,他也没有料想到,没有,他不知道仅仅就过了一周，恰恰他，我想说，恰好他，唉，仅仅就过了一周，恰好就是他自己的葬礼，真正的葬礼。可怜的贝格先生，这位笃信上帝的老人，可怜人……尽管如此，看啊，传统的倾向又回来了，这是关于一个完全愚蠢的、社会交往的，没有一丝傲慢，对吧。毫无本质，突如其来的信念，多么的不合理，尽管如此还是有，对……唉，这倒不是问题，老人家无法接受女儿和他的关系，对，对，和这个犹太人的关系，这个千百年来的精神病，对吧，对吧……无法预见到未来，而且无论如何，一切都没那么重要，我知道，学生与贫穷的那些年，家庭与朋友们的孤立，然后是突如其来的事业，超乎寻常的事业，对吧……虽然，虽然妻子的履历，对于他来说毫无益处，我知道，毫无益处。反过来说，不然他早就上去了，能爬得更高，高高在上，足以让你见到当前的那些大人物，可怜的小职员们，他们那可怜的特权，对，对，瓦西里可以爬得更高，成就一番非凡的仕途……我想说的是，他所有的传奇，我们不怎么交流……以及关于我，对吧，那些流传的故事，非暴力的抗议，有些像甘地，有人会这么觉得。谁知道我是不是什么英雄，根本不是，根本就不是。一个疲惫的人，对，阅读，对，一种愉悦，我不否认，还有书，对吧。我不否认，一种成功，对，对，一本书的成功不应该被夸大。一种绝境，一种困境的表达，是这样的，但这不是独有的，我和所有人一样，这就是我们这一代的传记。战争的孩子，不仅仅是战争，还有别的，这个词需要被创造出来，被再创造出来……我很少这样鬼附身，很少……无聊的吗啡，就是这样，另一种尝试，对吧，多边发展，那些骗人的报纸是这么说的，不，不是多边发展的社会，而是乏味、贫穷和恐怖……我已经完全习惯了，真的，从小就习惯了……对，对，让我们保留这部分，自然，我所涉及的无趣,要死的乏味,还有语言的、顺从的、传统的多边乏味与无趣,别忘了,还有要死的传统,无可救药的传统。如果我们不寻找些别的、新的尝试,将会爆发,那个,我们都知道,然而到那时其他的、额外的、当前,总是其他的、额外的……"

始终保持着这样,继续着,快一个小时了。

晚上,这个内疚的人给妻子讲述了白天他无法自控的废话连篇。

"我的言辞很是粗鲁激愤,一种冲动、虐待、发疯的行为。厌烦的精神病!我也跟她说了这些,唠叨了些令人乏味的话,她或许明白了,这是一种控诉的借口。不管怎么说,最终,我已经惹怒并失去了迪娜夫人!她再也不会邀请我们了,估计我连跟她打招呼,她都不会再理我了。刻薄又高傲,她就是这样,我已经很冒犯她了。尤其是我根本就没喝酒,我也没用这个借口,我也不是瓦西里,这个借口也不行,就是这样……我失去了贝尔代亚努家,我们对他们,他们对我们,对吧,已经完全没有意义了。"

然而尽管如此……仅仅过了两天之后,迪娜就打来了电话,和费利恰简短地聊了一下。有些唐突地提到了,关于上次电话中费利恰所说的邀请。

"可能你就顺便提了那么一句,尽管如此,未来的几天我确实想过去一趟。某天下午吧,就一个小时,如果可以的话。就这样,很简单,就顺道过去看看你们……"

"可是,好的,当然了,"费利恰哀叹道,"我和……说一下,好,好的……我明天给你打电话。"

"不用,没必要。我们要是推迟改期,可能我们就都没兴趣了,主要可能这没有多重要。你不用专门等我,也不用两个人都在家。你们要是有别的安排,也没必要专门等我,我就路过一下,简简单单的。如果你们都在家,当然更好,要是不在,也没有关系,我下次再来,就半个小时。就这样,简简单单的。明天吧,我明天还有两个诉讼的案子,从法院下班后大约六点,如果可以的话。就半个小时,那么六点,六点一刻。还请你们不要准备……就这样,简简单单的。"

以及,简短的再见,啪,好了,对话结束了。

费利恰愕然地站在原地,手里还拿着听筒。丈夫脸色苍白,深深地感到愧疚。该如何准备去面对这当面的对质?迪娜,这位浑身贵妇人气质的迪娜,听着,迪娜,突然这么说道,顺便看看你们。顺便看看你们,简简单单的!你听着,迪娜,迪娜,突然如此的亲切、友好,绝不寻常!明天,下次,都没问题的,你听啊!一段很长,很长时间的沉默,充斥着整个房间。

在接下来的一天,迪娜出现了,正好是说好的时间。一如既往的优雅,尤其是刚刚从法院下班。然而,很简单的发型,发髻,别着一只很配她黑发的发卡。很轻松,有点疲惫,很亲切。简单,得体,仅此而已。

她没什么热情地参与着讨论,多是关于当前的话题。永远是相同的话题,同样的,当然了。多边的乏味与无趣,供暖不足的家,谎话连篇的报纸,漆黑的广场,排队,会议,领导,对书信的审查,对电话的监听,然而还有因为纸张质量劣质,印出来的书越来越少,而且给剧院的津贴补助取消了,现在剧院靠棺材维持着,也就是说,剧院的道具组,现在做棺材卖棺材,很抢手的商品,很难找得到……这位女法官刚到,家里这位的学究就开始讲起当下最热的话题,根本不给她聊其他话题的时间。

迪娜夫人没什么热情地参与着，也没有平日里的装模作样。她静静地喝着茶，面对这位老同学一些讽刺话，她也报以微笑。她完完全全表现得……正常，过分的正常，甚至是过分的克制与礼貌。她匆忙地结束了拜访，按照之前所承诺的半个小时。

晚上，斯托扬家将会接到电话，当然了，是关于这件事的。

这两个男人或许会聊很久，刚好趁巴济尔不在，讲些不那么得体的笑话。然而，他们主要的话题还是，人性的影响，在这危机期间，如何努力展示出平凡与普通，在特权阶级的人群中，如何显得不那么扎眼。他们俩其中一个一直在扶眼镜，而另一个则在挠头，挠他那又黑又卷非洲人一样的脑袋。

直到对话快结束时，才聊到这爆炸性的消息，所以，迪娜也告知了……斯托扬家！一个短暂的拜访，就在第二天。她只想顺道看看他们，简简单单的。半个小时，仅此而已。没有什么确切的原因，就是这样，简简单单的！半个小时，就是看看他们。这甚至不是一次拜访，仅此而已，半个小时，在她从法院下班出来以后。

对斯托扬家的拜访，似乎是相同的，迪娜仅仅待了半个小时。她表现得极其自然……自然的不自然，阿里会这样客观地评价道。这开玩笑般的评论已经开始了，好像有些不自然，像是一种经常性的偏离。

拜访没有再继续，只有或长或短的电话，有时候和戴眼镜的伊万娜，有时候和能说会道的费利恰，她们俩都对这坚持不懈的召唤感到麻木与腻烦。男人们的玩笑也开始变得没有开始那么新鲜、乏味、羞耻，甚至被迪娜·贝尔代亚努那持续的、奇怪的、自然的表现吓到。是一种亲切的，令人愉悦的，纯粹的率真，令人感到非常舒适……你想想！极其，尤其，这就是事实！她们全部四人逐渐地认识到这是真的，这真是太不可思议了！这位实在人激动地重复着，只有这个我们没有料想到，对吧，无论如何也想不到，一个尝试，天哪！

当瓦西里将要回来的时候，前提……准备好的前提，为了……为了什么呢……为了看看我们是如何解决的……你想想，我们得与贝尔代亚努同志成为朋友……我们接受的模棱两可还不够吗，斯托扬家做得还不够吗？要是我们好好想想，我们只知道她们是好心好意，始终都在催我们去拜访一下我那青少年时期的老同学，对吧，我们可不能忘了。

很幸运的是，费利恰拒绝同类的爱的怀疑与说教：这样不行，这样想可不行，没有人强迫你融入社会关系之中，你尽可以自己一个人，想多久都行。然而一旦你接受了，那么……你和伊万娜，你们已经一起工作了这么久，在那里，在那个研究所，你了解她，你很了解她，我很确定，在你们中间似乎曾有过什么。当然，当然了，我觉得，我要是没记错，我确定，确定她可不仅仅帮你翻译英文，不只是这个，我确定，我还想知道……你怎么能那样说，你怀疑所有人，你也害怕所有人，尽管，尽管……尽管你很了解，那些给你带来恐惧的人，那些让你最害怕的人，他们能够监视我们，无论何时何地，他们不需要调停的中间人，甚至没必要监视我们。我们属于他们，无论如何，我想干什么就干什么，他们任何时候想干什么都行，无论如何都行。

所有人都知道，在这紧要关头，小费利恰汇聚了难以预料的能量。

这一次也完完全全地证实了，确实如此。

"他们想从我们这儿得到什么呢？更准确地说，应该是我们从他们那儿，更准确地说，应该是我们。瓦西里跟你说了这么多次，让我们去找他，遇到任何问题都行，他是这么说的。遇到任何问题都可以去找他，他就是这么说的。够了，谢天谢地！他为什么找我们？我们什么好处都没有，我们所拥有的不过是贫穷与任性。"

这个小孩子已经无法再忍受了，真的，确实。

"对，但是他们很孤独！在那些大人物之中，他们孤独而无聊。他们想要些不同的、不寻常的，不是吗？贵妇人迪娜还有些改变，然而瓦西里同志，瓦西里同志……他们的目的永远都不清楚，你试着让我打消顾虑，这没用的！"

意外的是，当贝尔代亚努重新回到他那夫妻生活的家，他那尊贵夫人的电话就没再打来。

迪娜夫人没有打，瓦西里同志也没有打，一天，两天，三天……谁能明白其中的缘故呢！费利恰和她的宝贝儿焦急地等待着，他们已经准备好了各式各样令人信服的借口，好避免再被邀请。贝尔代亚努家的安静，着实令他们有些诧异，慢慢地，他们好像越发地焦虑不安。然而，这么玩儿可不是很好，和这些人，这些人可是很有报复心的……他们高傲又复杂！这个担惊受怕的小孩子，有些爆发地喊道。所有人都会变得很有报复心，妻子有些宽慰地叹气道。他们或许会生气，毕竟他们也是人。然而这位学者还是决定不去迈出下一步。

大概过了一个星期，费利恰打给伊万娜，询问她关于迪娜的情况。同样，迪娜也没有打给斯托扬家。会不会发生了什么呢？不，不会发生什么的。阿里应该知道，阿里每天都能见到巴济尔，不，应该没什么特别的。

或许，这个话题重新在男人们的聊天中被提起。费利恰的丈夫问伊万娜的丈夫关于瓦西里·巴济尔·贝尔代亚努妻子的新动向。怎么，发生了什么吗？突然就消失了，正如她突然就出现了，像个流星一样！这位男孩儿开玩笑道。斯托扬先生并没有在意这青少年般的取笑。问题又重复了一遍，然而回答还是有些含混不清。他被这神神秘秘的回答激发起了兴趣，这个实在人坚持问道，阿里简短地回答道，就像在学校一样："没什么特别的。"他的话语听起来很坚定，清楚而明确，清楚而错误。仿佛，正是如此，一定有什么，无论如何……正是如此，什么特别的，或许。

因此，男人们在市里见了面，他们出来散散步。

"哎，发生了什么？来，你说说吧。我明白，不能在电话里讨论。现在说说吧。"

"好像感觉不太好……"

"什么意思？他旅途不愉快吗？没给他装满一车鸡和葡萄酒，或者没给他加满油？"

"不，不是在说他。"

"啊，是迪娜夫人。她最终还是抓到他和某个秘书，或者是他们活动分子里的某个女人？"

"不，也不是这个。你会觉得好笑的，巴济尔怕死迪娜了。那些非法的娱乐，他可不敢在离家300公里以内干。"

"那么，这距离还不够吗？你说过他到全国各地都出差。我们国家已经很大了，对吧，而且也不是什么圣洁的地方。"

"是她，是她感觉不好。可怜的巴济尔，他很苦恼。非常的苦恼，要知道，这可不是开玩笑。心理上的事，你要知道，很难解决的。"

"这也是不可避免的!就是生理的反应。不,不是生理的反应,就是人的反应,灵魂,身体还有精神的反应,对于疏远的反应,渐渐地疏远了她自己。婚姻,对吧,自然而然会造成这样的裂痕。或者是国家的暴政,父母的专横,工作的单调,都会造成这种空洞,不可避免的,空洞……"

"别说你那些哲学了,这是个很严重的事儿。"

"也不是关于哲学的?你说吧,这样更好,是关于什么的。只要不是迪娜加入了什么少数派的政治运动,看你这么保密。"

"不是,这倒不是,当然了。很麻烦,她,她有些……摇摆不定,她找不到平衡。"

阿里扔掉烟头,用脚后跟蹍,用他那又大又厚的鞋底踩灭了。他长时间地凝视着这个矮小对话者的眼镜。他有些无聊地看着他,又有些愠怒。

"就是关于风衣这件事。"

"哪个风衣?"

"哎,什么哪个,就是那个。"

"哪个?"

"那个……电话说的那个。我们从他们家回来以后,你不记得了?"

"什么?"

"你不记得了?她问我们,那天晚上是不是把风衣落在他们那儿了。"

"没有,她跟我没有说这个,她可能跟费利恰说了。对,她应该没跟我说过,反正,我不记得……"

"哎，你不记得！她肯定给你们也打了电话。她给所有人都打了电话，肯定的。她在一天早上给我们打的电话，当得知我们不在家时，他跟我们的小男孩索林说了，然而他什么也不知道。当然了，她还是想确认下，确认我们说的都是不是真的，我们的大衣是什么样的。她发疯了一样到处问东问西，直到现在她谁也不问了。"

"什么意思？"

"哎，什么意思，什么意思，好像你没听明白！当然了，她给你们也打了电话。不止一次，打了两次，我确认过了。对于她信任的人，她都打了两次。"

"她并不信任我们，她没给我们打，费利恰没有跟我说。"

"她没跟你说是因为这是个小事儿，小破事儿。"

"所以……不是吗？这不就是个小事儿吗？什么风衣……这有什么大惊小怪的，什么风衣？"

阿里又给自己点上根烟，整了整皮夹克的领子，抬眼看向天空。晴朗的天空，又是一片死寂，模糊不清，晴朗而寒冷的季节。他们穿过的街道空无一人，又是一阵沉默。阿里又重新看着他，很长时间，看着这位坦诚的对话者。

"在我们拜访过他们之后，接下来的一天，星期一，迪娜在门厅的衣钩上发现了一件陌生的风衣。她是这么说的……她先是问了我们，当然了，问是不是我们的。然后，问了你们，是不是你们的。再然后，又问了其他人。她毫无意义地重复着，她进入了一个奇怪的阶段，当然了，直到她不再问任何人了。"

"也就是说，她找到了失主？东西的主人？"

"失主！主人！不！不，不，不！这倒不是问题……什么主人,什么失主?风衣现在还在原处,还在衣钩上挂着!她是这么说的。在贝尔代亚努家的门厅,不知道她搞明白了没有。突然,她再也不提这个事儿了。不清楚为什么,显然是因为害怕,然而还不清楚她搞明白了没有。她是因为搞明白了而害怕,还是因为没搞明白而害怕呢?巴济尔也完全找不到头绪,她拒绝看任何医生。好像医生……无论如何,都毫无意义。"

"这样啊……"这个小孩子赞同道,抬起头看向他的朋友,亚历山德鲁一世·斯托扬,又叫阿里,他想要让他知道,最终这位也没有听明白,完全没有听明白。他明白了,又没有明白,明白的太多了,很难说,在他一系列的问题之后。

"你说你星期一早上路过了他们家。"

"对,我是路过了,在中午之前,在我去编辑部之前。"

"这样啊,所以你确实路过了。你和我说过你周一路过了他们家。"

"巴济尔给我打电话说他很忙,才写完那篇文章,那天晚上特别累。他很着急走,所以让我路过他们家,拿上材料并送去编辑部。"

"这样啊……是他让你做的,而且你也确实路过了他们家。"

"什么,你想说什么?你一直问什么,你哪里不明白?"

"没什么,就是重复下你所说的。你去了,你拿了材料,你送去了编辑部。"

"对,我就路过了那么一下。这又没什么问题,先生!"

"那什么有问题?"

"这又没什么问题,这又没什么关系,不是说这个,这不是问题。"

"然而风衣呢？"

"什么风衣？"

"那个！门厅的那个，他们家门厅的那个风衣，在哪里？"

"我怎么知道？我又没看到它！"阿里歇斯底里地吼道，"我没有看到，而且这也不是问题，我跟你说过了！"

这个学者天真无邪地、将信将疑地避开了他的眼神，避开了这个高个子愤怒的眼神。

"我路过那里的时候，"阿里继续着他的辩解，"我根本就没看到什么风衣。当然了，根本就不存在。我，我就拿了……我拿了文章就走了。我没必要待在那儿再看看！而且我也记不得了有没有，我根本记不得了！但是这并不是问题！"

"那么什么才是？什么才是问题呢？问题，你老是说，问题。你就是这么说的，你总是说问题。所以这里面一定有，有什么问题，不是吗……"

阿里目瞪口呆地看着他，这个学者也长时间地看着他，有些怀疑地、尴尬地、愧疚地看着他，然后他移开了眼神。阿里也长时间地看着他，愤怒地、充满怀疑地看着他，接着他也移开了眼神。沉默了好一段时间。

这个小孩子抬眼望向混沌的天空，又望向大地，慢下了脚步。

"也就是说这件大衣……"这个实在人叹气道。

阿里感觉到快了他几步，他的步子又大又快，他用力地、愤怒地踱着步子，沉重而局促。

"也就是说这件大衣……"这个实在人叹气道。

"什么大衣？"阿里转过身来，将双手伸向天空，似乎是为了伸展一下，很长时间，他长长的手臂像是要抓住天空，抓住什么，抓住所有。

"哎,风衣,大衣。大衣……"这个实在人重复道,"大衣!你读过那个疯子吗?那个大鼻子……"

"哪个疯子,哪个大鼻子?"

"哎,那个……那个大鼻子的审计员,那个疯子。一个疯子的报纸……魔鬼,那个大鼻子的怪物。尼古拉·瓦西列维奇的魔鬼,用他的大衣将我们所有人都包裹起来。"他时不时地嘟囔着,伴随着他缓慢的、疲惫的脚步,"大衣,对吧,大衣……"

阿里放任地苦笑了笑,也放慢了脚步。他不再迈那么大,那么匆忙的步子,因为身旁的矮子跟不上,当然他也不想跟上,只想按照自己缓慢的节奏来。阿里伸手穿过他那又黑又卷的头发,又有些不耐烦地揉了揉额头和太阳穴。

"哎,这些年来,迪娜应该想得到。可能她已经知道很多了,或者可能她不想去知道。当然了,婚姻就是婚姻。巴济尔不是个大猩猩,然而他也不是个天使。就像你爬上了梯子,你推它,你推翻了这个,推翻了那个,你还得在黑暗中继续使用它。而现在……最后一滴!对于她来说,或许恰恰是现在。压死骆驼的最后一根稻草,装满杯子的最后一滴水。看似无害,和其他的无异,然而突然间变红,像血一样红,然后改变了……这怎么说……对,石蕊试纸,石蕊试纸改变了颜色……"

他停了下来,对于这位学者那复杂的、小孩子般的头脑来说,这解释看起来还是不够的,还不足以清楚。他放弃了实在人的面具,坚持着他那天真的问题,天真而坚持不懈的怀疑。事实上,就好像他早就知道了所有人所告诉他的,可能他所知道的更多,然而他还是这样问着,像是念台词一样,因为他不信任他的朋友阿里,他不信任任何人，任何朋友，他只相信事实，对吧，只有事实。他是如何得到的呢？或是为了避免朋友阿里的不信任与怀疑，他保持着微妙的、实在的、隐姓埋名的作用，远离所有的、庸俗的、迷人的、让人把玩的琐事。

"这不过就是随便的某一滴水，先生！"这个教育者阿里有些受刺激地继续道，"平凡、普通、日常的水而已。不是血，先生，这可不是血。因为这些人也是，监视我们，监视所有人的人，他们也很是无聊，无聊、先生！没什么兴趣地工作着，混过每个月，就为了能领上薪水。做些报告，好看起来很忙，不然的话会裁减人员，他们也就会丢掉特权。工作起来漫无目的，毫无效率。不仅仅工厂和农田毫无效率，连这个机关……机关！也就是说，当然了，你知道我说的是哪个最基层的机关部门！一样全都没有效率，还有那些所属部门也一样。依照条文规定享有最好的资源，当然了，然而工作完全是虚的，学者啊！相信我，全是虚的。你想想……柜子里都装满了档案材料。报告，信息记录，一堆一堆的，所以呢？没用！完全没有用，孩子啊……都无法付诸实践，付诸工作之中，而且还一直在准备、收集、审查，不断地在增加。已经不是那个格鲁吉亚小胡子的时代了……消费天堂一直在重复的口号也毫无作用，那些关于乌托邦以及恐怖的口号。什么乌托邦，根本就不存在这个……以及那个什么，实用主义，找到出路了吗？你看看他们就知道，什么叫缺少乌托邦，你再看看我们，什么叫缺少一切，当然包括乌托邦。然而在夜晚还逮捕成百上千的人……虽然物质动机方面还在准备着，当然了，机器还得运转，只要它还存在，它就得运转起来。全都是虚的！整个柜子，整个房间，档案、档案，全都是没有落实的档案。对于这些，工作效率是最低的，你要知道，最低效率的，孩子啊。"

阿里有些累了，好像没有耐心再重复哪怕一次，对这些事情他早已清楚，当然了，当然了。

"这样就……滴入杯子的最后一滴水，早已满了的杯子，这可不是血，是和其他所有相比都无异的一滴，已经无法吓到可怜的迪娜。这并非恐惧，也不是意识的问题。这不是恐怖，也不是歇斯底里的目的，相信我，不是的。无非就是每天的工作，无聊与乏味，你是怎么说的来着，魔鬼……当然了，你尽可以用无聊乏味去消灭它，它会因为无聊而自我毁灭。一个乏善可陈的社会，学者啊！巨大的无聊与乏味，正如你常说的一样，这就是我们的小魔鬼，它吞噬了一切，一切都分崩离析，而最终它也吞噬了自己。不，不可以打它、对抗它、蔑视它，因为它会动员力量摧毁你。而一旦你接受了它，你便能逐渐地消灭它，任其自我毁灭。没有明显的事实，因为这就是规则：乏善可陈，这就是我们的泥潭。乏善可陈，当然了，你说得有道理。"

这位朋友阿里确实有些恼怒了，就好像被迫重复了这么多庸俗的话语，就连个小孩子，对吧，都能看到、感受到、理解到，这很正常。

公园就在附近，夜幕降临了。清澈而寒冷的夜晚，安静而空旷的公园。

阿里如获新生，重新开始了他的话语，他重新找回了平静，更为耐心地解释、指导。

亚历山德鲁一世·斯托扬，恰好回到了这迷惑点上，而这次，他保持着一种奇怪的距离。就好像从未提起过刚刚那些说到的熟人，就像是在描述那些小报上的八卦丑闻。看起来，他似乎太了解这些奇怪事，这些事也丝毫无法影响到他，不，完全不会。好像他早已习惯了这些，就像在给一个小孩子讲……他毫无察觉，却是身边最为简单的现象与原理。

正经的声音，老师授课般的声音，一步一步地渐渐符合了这个一知半解之人的逻辑。关于那些定期被召集在一起的人，他们的会面与对话，以及关于他们进行会面的地点。

听他讲话的人表现出了极大的、夸张的专注。他听着，或是没听，好像在接收着别的什么声音，难以察觉在哪里，风沙沙作响的声音，来自地下的喘息声，断断续续的命令声，或是害怕的呻吟声，不知何处，或远或近，在周围，或者仅仅漂流在幻想之中，让他重新找回了他的游戏，藏身之处，还有那些刺激的事。

没有一个正式的地方，当然了……何人、何地、何时，继续着他的声音。报告不用在办公室里展示了，流程已经变了，虽然这会面组织和指挥的人，当然了，还是正式的，哦，还……声音渐渐增强，能靠音色辨别出是谁……非正式的地方，然而正式的人员，正式而不合法的任务，哦，完全不合法，哦，不是关于……越发清晰的声音显得麻木迟钝，对，对，很独特、熟悉的声音，对吧，对，对。

公寓？一对钥匙？经过了房主的同意，当然了，虽然，尽管，唉，永远都无法知道，事情变得过于复杂，当然了，当然了。

"他们是怎么有的钥匙呢？"费利恰惊恐地问道，在睡觉之前，温柔的丈夫像是在给她讲小孩子的睡前故事，"也就是说瓦西里允许他们……也就是说他们有钥匙，而且他们知道什么时候家里没人，或者，或者……然而怎么……以及为什么，大衣怎么，大衣，我想说风衣，你完全把我搞糊涂了。也就是说，和我们的拜访没有关系？落在那里很久了，但是，但是……但是她没有发现？或者是第二天才出现在那里的，在我们拜访之后？也就是说她明白了，或者，或者恰好她没有明白？以及那些，那些，什么样的会面，对话，我想说，以及为什么，为什么他们不用正经的地方来做审讯，也就是会面，我想说，和这些人的会面，情报人员或者该怎么称呼他们，他们的人，对吧，他们是公职人员。什么叫不是，怎么就不是他们的人，什么意思，不是他们的人？强迫的，什么叫强迫的，怎么痛苦，什么意思，痛苦的人们？也就是说你，你已经接受了……不，我不是在说阿里以及他的理论，也不是瓦西里，不，也不是他们的老婆，不，不……你，你已经接受了……你已经接受了去……为什么是外人的公寓，什么意思？家庭的气氛，家里的环境，怎么，不，这个我不明白，家里的环境，什么样，什么样的倾向，什么唠叨，什么叫随便唠叨唠叨，隐私气氛的感觉？怎么隐私，怎么……怎么提高效率，你怎么能说这种……怎么隐私，什么隐私？"

这样的故事显然不符合睡前的夜晚。过于激动不安，问题的狂热没有休止。直到最后，讲故事的人，听的人都无法逃避开来，过了很长时间，这个话题的紧张，无论如何，都充满了每天的担忧与恐惧，已无法再增加，他们要避免如此恐怖而神秘的故事。

因此，这一对决定不再提了，不再提起这个话题。忘记这所有发生的，就像从未发生过一样。

另外一对，斯托扬夫妇，好像没有谈论起该如何解开其中的奥秘。他们更为聪明，没有更多的疑惑。或者可能已经厌烦了，这毫不神秘的奥秘,或者简单地说,他们更为小心谨慎,避免给白天黑夜增添负担,尤其是夜晚,关于这些无解的问题。

然而过了几个月以后,还是不可避免地发生了。妻子焦躁不安地回到家,应该并不是因为在买香肠的队伍里排了好几个小时,外面又冷又黑,毕竟这很常见。

她焦躁到说不出话来,她不断地擦拭着眼镜,一次又一次,好像这眼镜很不寻常。

男人正在校对着文章的手稿,第二天就要登在报纸上。他非常的专注,因为上面有打来电话,多少有些授意。

他抬起了他那非洲人般的脑袋,有些愠怒地看着妻子。他看着她,等着。女人整了整自己的短发,从她的眼镜片后面,一道绿色的、锋利的眼神严厉地盯着他。

"你为什么没和我说?"

"什么?"

"你知道……我有感觉到发生了什么,很早以前我就有察觉。我察觉到了,但我没有问。谁也不知道,我在想,或许是我的错觉……我感觉到发生了什么,关于那个故事,总是经常在发生着什么。我等着你跟我说,让我也明白到底是关于什么的。"

"什么?你在说什么?又发生了什么事?"

"又发生了什么事?你听着,又发生了什么事……就好像他不在这世界上一样,可怜虫。你,就是你,你什么都知道,全都知道,比别人都先知道。"

"我知道什么,你在说什么?"

"浪漫的年轻女人,对吧?那个杀死了她的父亲的,那位老人因为严重的心脏病而死,而他那可爱的小宝贝儿却跟一个流浪汉跑了，二流子，捡破烂儿的，然而后来小人得志了，或者说是小人得势了。尊贵的夫人，对吧？昂贵的房子，昂贵的衣服，难开的金口，俨然一座雕像，对吧？我看到她了！我遇见她了！今天晚上，在街上。这样我就明白了，接下来你要给我解释清楚。这可是个不小的冲击，我缓不过来了。我要清楚的解释，清楚，你明白吗？清楚，清清楚楚！"

她吼叫道，丈夫知道，或许在危机过后，她会痛哭，谁知道呢。他把那一摞纸放在一边。

"首先，你得先弄清楚，跟我讲清楚你在说什么。到现在我还什么都不明白。你冷静些，来说说你想说什么，发生了什么？"

"你把我当傻子吗？还是你觉得我疯了？我遇见她了，你听着，我遇见她了！两个小时前在街上我看见她了。我停了下来，你要是想知道。我恰好跟她聊了聊，不过是普通的聊天……完全平常的聊天。你知道她跟我讲了什么？"

丈夫卸下了他那漠不关心的面具。乏味？平静？不，完全不，他有些不耐烦，很是惊恐、焦躁不安，可能无法准确地去描述他的内心。

"你知道这位尊贵的夫人都讲了什么吗？在布加勒斯特人人皆知的事情，上到老人下到小孩子，当兵的，开车的都听过。消失的死人的事情。也就是说，那个死了的女人。你肯定都已经听了20遍以上了，肯定的。"

"我从来没有听说过这个事情，也没听说过什么死了的女人。你看我消息也并不是那么灵通……"他顺从地低声地嘟囔道。

"可怜虫……就好像还有人相信你似的！就好像还有人相信你说的某个词似的，连你说的逗号都不会相信……然而关于最新的规定，只能在去世的地方埋葬逝者，关于这个你听说了吗？"

丈夫保持着沉默，怎么能看出他是知道还是不知道……

"人是在哪里死的，就得埋葬在哪里！好，好……这个可怜虫什么都不知道，什么都不知道，我得给他讲讲最近都发生了什么事，好，好……所以你不知道那个死了的女人的事情？每家每户，所有办公室，学校，所有地方，一天能讨论个上百遍，然而他，这个可怜虫，却什么都不知道！一个老农妇……在这儿死了，在布加勒斯特，不是在她的农村老家，向她所希望的那样，死在她住了一辈子的家里，死在她老头儿的身旁。她来看望她的其中一个儿子，就在这里，在布加勒斯特。那么儿子呢？儿子想将她送回去，送回农村，毕竟全家人都在那里。在他们的村子，儿子想将她埋葬在那里。然而，禁止！不允许，尸体也不行，尸体装进棺材也不行。禁止，我们都知道这是谁颁布的。连这都不允许，你想怎么死，想在哪死都不行，你想在哪腐烂掉都不行，你太知道这是谁规定的了。"

"你最好……伊万娜，你最好冷静下，你控制下自己，不要再胡说……"

"胡说？难道在我自己家，我也要害怕得要死吗，对吗？所以呢……那又怎么样……他们知道我说了什么又能怎么样，隔墙有耳又能怎么样，反正我不管了，我不管了！儿子把他母亲的尸体裹在地毯里！那种大的，又长又厚的一卷，然后把它放进了车里，把地毯运回了老家。这样好把老人埋葬在她应该埋葬的地方。儿子叫了个同事和他一起，他们出发了。漫长的路程，一直要到国家的另一头。他们在路上停车，吃饭睡觉，然而他们却不知道，地毯被人给偷了！有人从车里把地毯给偷走了！一张巨大的、漂亮的地毯，还有里面的尸体一并被偷走了，这就是……谁也不知道……这就是最近发生的事情,所有人都在不断地谈论起。以及……还有……高贵的夫人!不过是普通的聊天……完全平常的聊天。一切都很平常,十分的正常。同样简短的话语,深思熟虑过的、炫耀的,就像是在舞台上背诵的。同样保持着距离……那种极为礼貌的、虚伪的冷淡,使你蒙羞并激怒你。同样的、同样的,正如我们所了解她的样子。然而她却以一种学术的、生硬的语调翻译着这个事情。从她的嘴里,这个事情!如此之高的调性……从她那娇气的小嘴里说出。"

丈夫低下了目光,他那乌黑而沉重的目光盯着地毯中央的花朵。

伊万娜从房间的一头踱步走向另一头,她停了下来,看着丈夫,等着再次进行攻击。

"一切都显得很完美。她涂了口红,一贯如此,异乎寻常的精致、尊贵、虚伪,正如我们所了解她的样子。看不出任何的变化,只有那件风衣……仅此而已。昂贵的鞋子,完美无瑕的发型,新做过的指甲。就连那根可怕的手指,那个指甲也做过了。发型,指甲,中国丝绸的围巾。涂了口红……嘴唇,睫毛,眉毛……刷了睫毛膏,修过的眉毛。完美的面具,纳芙蒂蒂①王后。她那姿态,面具,完美的话语,一切都和以前一样。只有风衣……长长的男式风衣。风衣!像是个大口袋挂在她身上。"

阿里看着地毯,伊万娜踱着步,有些焦躁不安,她停了下来,恼怒地、怀疑地看着丈夫,不时地怀疑,她所聚集的愤怒似乎马上就要爆发了。

"风衣!你知道他们穿什么样的风衣吗?或许你不知道……

---

① 埃及史上最重要的王后之一,被誉为"世界上最美的女人"。

他们穿同样款式的。两个人一样的,同样款式的!最便宜的那款,所有商店都有卖,然而没什么人会买。那种又长又大,褪色了的风衣。是一种粗帆布,不知道之前是什么颜色的。风的颜色,雾的颜色,没有色彩的,我们乏味的颜色。又长,又大,男式的。没有剪裁,没有样式,没有颜色。一样的,你听着!两个人,一样的风衣。就好像他们是从疯人院里一起逃出来的,或是以前的集中营,或是荒无人烟的地方,或是马戏团。同样的风衣,你听着,一模一样的!我搞错了吗?什么都不知道?我有幻觉了,我疯了吗?噩梦、幻觉,当然了,我精疲力竭了,我犯癔症了,对吧?对吧?对吧……你说,这无缘无故的精神错乱,到底是由何而来。因为麻木,因为懦弱,因为疲劳以及妥协。平常,异乎寻常的平常,像是植物人一般,病态的,令人喘不上气来,这种平常令我们窒息?对,无缘无故,从我们所适应的,这个温热的泥潭中而来?对,无缘无故,在嬉笑怒骂中,在流言蜚语中,在高谈阔论中?"

似乎有一道蛇的影子,又细又长,捉摸不见,似乎嗖嗖作响,然而又什么都听不见。女人深吸了一口气,并停了下来。声音渐渐地弱了下来,一种虚弱和窒息的感觉。

"现在你明白了,现在我也该明白了,我想。"

男人沉默不语,脸色铁青,或许变得更黑了。女人看着他,等着。她那双小眼睛,发绿的眼睛,厚重眼镜片后面的那双眼睛……还有苍白的脸庞更白了,短短的头发,每一次不安地转头都颤抖着。

"你当然知道了,她和谁在一起……或许你也得给我解释解释这个。"

男人自然地再次凝视着地毯上的红点。

"啊,所以你知道,这个你也知道。所以一切都有解释……当然了,这个你也知道。然而你什么都没有跟我说过。我整个人都瘫痪了,差点儿在人群中摔倒。瘫痪,我当时就是这样,你要知道。我先是见到了她,谁也不知道……是她,不是她,我没太看清楚。之后,就是正常的聊天,总是那些小事,她那冰冷的话语。冷淡的攀谈,她那宫廷般的举止,说些这个,说些那个……不过是些每天的小事……日常发生的事情,被偷的地毯,藏在里面的尸体……似乎一切都很平常,似乎她的那种话语,很适合这个故事,似乎她对这种所发生的事情很感兴趣,并且总是在重复说这件事情。我尝试着,不去看她那件又长又大的风衣,看不出她的纤细与苗条,我们所知道她的样子。而这时在街角的烟店,出现了……那个研究员!那个学者!一开始我还没明白,我还准备跟他打招呼,准备喊他。谁知道呢,或许他没看到我……然而事实上,这个学者很平静,径直地向我们走来。他走近了,他问我,哎,你知道他问我什么吗?他问我最近怎么样!这就是他问我的,最近怎么样!这个实在人就是这么问我的。他们没说一句话,我很是意外,都愣住了,不知道该怎么办,我什么都不知道,什么都不清楚。"

伊万娜·斯托扬无法再控制自己,她跑向厨房,听见了一阵嘈杂的声音,椅子摔倒的声音,餐具磕碰的声音,然后感觉她又跑向了浴室,她在浴室待了很长时间。最终,她重新出现了,右手擦着额头,左手拿着一杯水。她喝了一大口,喝光了杯中的水,手里攥着这个空杯子。

"我突然意识到,他们其实是……一起的。他去了烟店买烟,当我看到她的时候,她正独自一人,冷漠地站在人行道上。这一幅奇怪的景象……突然,出现在我的面前。"

亚历山德鲁一世·斯托扬沉默不语。他不再看地毯了,他没再看任何地方。

"所以他很正式地问了我,问我最近怎么样。然后,他轻轻地挽住了她的手臂。跟我说了再见,然后……他们就离开了。对于短短的一天而言,我所经历的未免也太多了!经过了好几个小时的拥挤、嘈杂、寒冷与痛苦,我终于出来了,头晕眼花,手里终于成功地提着那袋令人作呕的香肠。就遇到了她,然后很快……这个火星人便降临在那里,在我们中间。他们就好像是亲戚,或者夫妻、情人、传教士,或者像是从一个牢房里逃出来的,从同一个医院或者同一个可怕的剧团里逃出来的。他,在那里,在我们中间……这个小孩子!这个学者!这个研究员!有一种串通好的,共犯的感觉,我也不知道……总之很是奇怪。我非常吃惊,完全不知所措。还有那两件风衣!一样的、一样的……我疯了。就好像他们来自外星系,恰好朝着……不知道,没法知道,我不知道。"

亚历山德鲁一世·斯托扬沉默不语。他什么也不看,什么也看不见,然而他就听着,或许他全都听到了,他听清了每一个词,即便如此,他也闭口不言、缄默不语。

"一场噩梦!然后,我在公交车站等了一个小时。上百个拎着袋子的人,疲惫不堪,不耐烦,冷漠,都快死了。我被挤上了公交车,人潮把我推了上去,在拥挤的人群中我什么都看不到。我在公交车上醒了过来,快要被所有满身臭汗的躯体给挤扁了。真是一场噩梦。我动弹不得,瘫痪般地摇摆着,随着那些沉重而疲惫地身躯,在每个转弯处都摇摆着。然而我什么都感觉不到,什么也都记不得,什么都感觉不到。而事实上,我还停留在原地,在人行道上,在商店的对面,在两个火星人中间。我只能看到他们俩,我无法醒来……无法从噩梦中醒来。"

"嗯……"亚历山德鲁一世·斯托扬，经过了新一轮长时间的沉默，似乎低语道。

"还有……以及……风衣？怎么，怎么……那件风衣是怎么回事？"伊万娜·斯托扬如获新生，爆发地说道。

"呃……有人落在她家了。你看……有可能……有可能就不见了。当然了，有可能不见了，到目前为止就是这个样子。总之就是这样，出乎人意料之外，就是……这样。你看……同样的某人，或者其他人，或者……呃，有可能不见了，有可能再找到。"

"什么，什么某人其他人，什么……不，不，你说得太多了！太多了，天哪，太多了！为什么，要是都不见了……为什么还不，丢的人怎么还不回来找，那么怎么能……不，你说得太多了！"

"嗯……她想要离开，然而危机来了。这位病人，我想说，断裂。风衣……正如你所见。不会再有人来找了，已经成了别的事情。拟人化、人格化的，是这么说的。"

"是怎么说的？谁说的，什么拟人、拟人化，什么人格，你看你在这儿含糊其词，什么意思，探讨理论，我们在探讨理论吗？拟人化、人格化，这是问题的所在吗？也就是说，你也疯了，我也疯了，都疯了，我们都疯了，是这样吗？也就是说，还有……还有，以及……还有那个男孩儿……那位丈夫，我想说？这个机灵的小子干什么？或者他什么也不知道……当然了，丈夫们总是最后才知道的。"

"不，不是你想象的那样。这个可怜的人他知道，他都跟我讲了。而另一个……这个你口中的研究员，对所发生的事情，他显得很受触动。"

"受触动？"女疯子对着男疯子吼道，"触动，这是什么话？

对于瓦西里同志的不幸而触动，你是想这么说吗？谁在胡说，谁，是谁，我，你，所有人，是谁？也就是说，所有人，所有人，你是想这么说吗？"

这个女疯子踮着脚后跟，飞快地转过身来，有些忍无可忍，怒火中烧，接着突然停了下来，她盯着他，眼中泛着绿光，闪烁着磷光，充斥着怀疑、恶毒，看着这个愣住的男疯子，他目瞪口呆，说不出一句话。

"任何人，任何事，这就是你的解释吗？任何人可以做任何事，可以任其所想，无论何时，面对任何人，这就是规则吗？是谁？这个你常说的小孩子？是谁？这个出色的中学生，优秀的大学生，在中学的时候看同学瓦西里就跟看熊孩子一样？这个小宝贝儿13岁的时候就开始读兰波和马克思，而另外那个还在大街上和小屁孩儿们拍球玩？还有，还有数学、物理，各种学位？危机、衰落？还有奇怪的书籍，短暂而被边缘化的成功？被边缘化，是这样的，他因自己的所作所为，被其他人所边缘化，他视身边的虚伪为粪土，也正是这个原因他被孤立至边缘，直到这个比赛全都慢了下来……也就是说，突然，他被这痛苦所触动，被这其中的过错，奥秘，小猪崽子们的泥潭所触动？被那些新贵死命追求的势利所触动，而对待其余的人，那些失败者，那些边缘的人，当他们出现在自己餐桌上的时候，这些新贵为了照顾到他们，会竭尽所能地表现出他们也是普通人，穷人，有礼貌，好客的人，受过教育，小猪崽子们，有教养，也能够敞开心扉地开玩笑，根本看不出他们服侍那群魔鬼，那谄媚的样子，随时都能说出那些肮脏的谎言，背叛、野蛮的话语，还有，以及，还有……被这些所触动吗？也就是说，任何事，任何人，全都一样，全都无可救药了，这就是你藏身的理论吗？或许你能脱身，或许无法辨别出任何事，任何人？"

"我说的是，他被所发生的事情所触动，不是被巴济尔所触动，我是这么说的。但是你已经听不进去了，你整个人都混乱了。"

"是的，恰恰是对于所发生的事情！我也是这么说的，只有丈夫才是最后一个知道的！"

"不是你想象的那样，"亚历山德鲁一世·斯托扬温和地重复道，"她像是病了，你永远都不知道这些事情……这些病。情况变得更为复杂，她有时像是病了，有时又显得正常……复杂的事情。永远都不知道，这些是特殊的病。日日夜夜，这引起了他的兴趣，而后便开始和他聊天。先是打电话，然后他们见了面。他们定期会面，这样好一些，这样的会面让他们感到好一些。你能怎么办呢，没人知道……她回来时很平静，巴济尔是这么跟我说的。她回家时很平静，就好像什么都没有发生。"

"那么他，他……这个小东西……这个小孩子……他为什么？他怎么了？只是他都受不了她……总是用最可怕的话语来形容她，受不了看到她。突然，哐啷，他这是怎么了？"

"你怎么这么激动不安？就是一种很文雅的姿态，仅此而已。当然了，还有耐心。不会太有兴致的，你能够想象得到。这样的散步会浪费他很多时间，他很清楚也很注意，要知道……很令人钦佩的姿态。"

"哎，我都要疯了！注意，耐心，令人钦佩的姿态！你是觉得我傻了还是觉得我疯了。我跟你说，你是觉得我蠢还是我在胡闹……这也就是你为什么不给我讲到底怎么回事。令人钦佩的姿态，你听着……还有别的，有别的……总之最下面，还有别的，肯定还有别的。我怎么就没看到这只小老鼠，出于仁慈而离开了它的笼子和书籍，好为了和她散步……像是个应召女郎。还有风衣，其实是一对风衣？这又是什么闹剧，什么幽灵的喜剧吗？不，不，有别的，还有别的！有别的，肯定还有别的！"伊万娜·斯托扬面色苍白，胡乱地叫喊道。

"还有别的，在最下面！在所有事情的最下面，当然了。当然了，当然了！所显示出来的什么都不是，什么都不是。甚至是自己的丈夫，什么都不是！任何人都可以成就任何事！任何人，任何时候，任何事？你说啊，来，你回答啊。仁慈，你听着！研究……这是最好的情况！研究课题！就是这样的，当然了。尝试，对吧……研究、研习，看看哪个词能让你相信。研习，对吧，研究？最多，最好的解释！他受不了她！我很确定这一点。"伊万娜·斯托扬吼道，她举起双手，为了防卫来自她的丈夫，亚历山德鲁一世·斯托扬任何的辩驳。

她无须喘息的间歇，是的，任何打断都是不可忍受的，已无法避免地爆发。

"他受不了她，他从来都受不了她！就连现在他也受不了她，我确定，我很确定。穿一样的风衣有什么好处！或者，可能是他让她穿和他一样的风衣？假装冒充，对吧，试验尝试的前提？学习与研究的条件，这就是这个实在人，这个伪君子在寻找的吗！他想要取笑谁？我吗？是谁，或许……是我们所有人。他自己吗？想要证明什么？任何时候，任何人，所有人，这样？这接下来是什么呢？不知道……他要是不把所有事都摆在明面上，永远都不会知道。我不惊讶，不，不，我可不惊讶，当然了。他好去观察、去研究，对吧，更深层的样子。样子，你听着……那对风衣，样子。这个研究员的犬儒主义，仅此而已！最多！最多，我说，还有别的，谁知道，还有别的，肯定还有别的……"

确实，还有很多的猜想。这两个人争论着关于他们的事，从小一起长大的老同学，战争的一代。不仅仅是战争的一代，得找个别的词，对于他们的过去与现在，更适合的词。

是的，他们也同样交替争论着，在他们每周很长时间的散步之时。在漠然、模糊的天空下，他们热烈地，满含激情地讨论着。总是提出新的前提，新的事情。似乎这激励了这位生病的女人，使得她心情平复。她也会热烈地参与辩论，关于他们的生活，父母的，熟人的生活，他们所有能记起的，遇到的那些火星人的生活。

最终，她感到了自由，感到了解放。一种触摸不到的、宇宙的、完全的可靠。平静的、尖细的嗓音，不知名的、幸福的、陌生的笑声。

尖细的时间，或许是闪亮的、病态的，它在讽刺般地大笑着。讽刺的、幸福的、破碎的笑声，满是黑色的碎片。缺失的时间突然变得响亮、尖细、破碎。厚道的、闪亮的、年迈的笑声。

FERICIREA OBLIGATORIE
Copyright ©1993,Norman Manea
All rights reserved
Simplified Chinese edition copyright: 2019 New Star Press Co., Ltd.
All rights reserved.
著作版权合同登记号：01-2019-1179

图书在版编目（CIP）数据

法定幸福 /（罗）诺曼·马内阿著；王中豪，高博睿译. -- 北京：新星出版社，2019.6
（诺曼·马内阿作品集）
ISBN 978-7-5133-3350-4

Ⅰ.①法… Ⅱ.①诺… ②王… ③高… Ⅲ.①中篇小说-小说集-罗马尼亚-现代 Ⅳ.① I542.45

中国版本图书馆 CIP 数据核字（2018）第 264366 号

法定幸福

[罗马尼亚] 诺曼·马内阿　著；王中豪　高博睿　译

责任编辑：李文彧
责任校对：刘　乂
责任印制：李珊珊
封面设计：冷暖儿

出版发行：新星出版社
出 版 人：马汝军
社　　址：北京市西城区车公庄大街丙3号楼　100044
网　　址：www.newstarpress.com
电　　话：010-88310888
传　　真：010-65270449
法律顾问：北京市岳成律师事务所

读者服务：010-88310811　service@newstarpress.com
邮购地址：北京市西城区车公庄大街丙3号楼　100044

印　　刷：北京汇瑞嘉合文化发展有限公司
开　　本：910mm×1230mm　1/32
印　　张：6.75
字　　数：157千字
版　　次：2019年6月第一版　2019年6月第一次印刷
书　　号：ISBN 978-7-5133-3350-4
定　　价：54.00元

版权专有，侵权必究；如有质量问题，请与印刷厂联系调换。